こんどうともこ 著／王愿琦 譯／元氣日語編輯小組 總策劃

30天挑戰

史上最強！

新日檢

N4單字

必考單字＋實用例句＋擬真試題

作者序

検定試験合格を目指しながら、
語彙力アップにも使える実用的な一冊！

　本書は日本語能力試験N4合格を目指すとともに、初級語彙の復習と定着を図り、次のレベルへステップアップするための「語彙力」も養える優れた独習本です。試験対策としてはもちろんのこと、語彙力を増やしたい学習者に大いに役立つ内容となっています。

　学習語彙は実際の過去問を参考にし、膨大なデータを分析することで、出題率の高い語彙720語を厳選しました。また、品詞ごとに提示することで、覚えやすさにも配慮が施されています。それぞれの語彙には、分かりやすく実用的な例文を各2つずつ用意し、なおかつN4で必要な文法をできるだけ用いることで、語彙力アップのみならず文法アップも目指せる一冊となっています。さらに、語彙によっては「似：意味が似ている語彙」、「反：意味が反対の語彙」、「延：関連語」などを提示することで、自然と語彙を増やすことができます。

　一日に学ぶ語彙数は24個と、負担なく学べる量に設定しました。毎日コツコツと語彙量を増やし、30日間でN4試験に打ち勝つことができる構成です。そして、一日分24個の語彙を身につけたあとは、実力がチェックできるミニテストが用意され、学習の定着度を測ることが可能です。さらに、巻末には「附録」として解答と中国語訳も掲載されているので、現時点における弱点を一発で知ることができます。実力チェックを通して、分かったつもりでも実は分かっていなかったといったケアレスミスを回避し、確かな語彙力を身につけていきます。さらに、ネイティ

ブスピーカーによる音声付なので、耳からも覚えることができ、聴解力
のアップにもつながります。

　最後に、本書があなたにとって日常生活の中であいさつを交わす友、
あるいは分からないことを解決し、助言してくれる頼りになる先生とな
り、試験前の不安を取り除きながら、合格に向けて前進できることを願っ
ています。

台北の自宅にて

こんどうともこ

本書特色（如何使用本書）

★必考單字依照「詞性」分類，最安心！

- 本書羅列日檢N4範圍必考單字，依「名詞」、「い形容詞」、「な形容詞」、「動詞」、「副詞」、「外來語」、「其他（接續詞、連語、複合語、副助詞）」分類，讓讀者背得有條理！
- 在背誦時，須養成銘記單字詞性的習慣，因為日語的詞性與文法變化息息相關。

★每日定量學習，只要30天，「文字‧語彙」考科勝券在握！

- 日語檢定官方規定，N4必須具備的漢字量是400個，語彙量是1500個。
- 本書規劃讓讀者運用30天，一口氣搞定N4必考單字。
- 依據「日本國際教育支援協會」及「日本國際交流基金會」公布之考試範圍，每天精選24個必考單字，讓讀者運用有限時間，完全掌握重點！
- 全書共720個必考單字，搞定N4單字，用這一本就夠了！

★「例句」皆符合N4程度，助您從容應對「文法」、「讀解」考科！

- 沒有例句的單字書，不僅容易猜錯意思，也無法掌握用法。
- 本書所有單字均提供2個例句，且皆以N4的文法來造句，不會有過難或過簡單的問題。
- 每天在記住24個單字的同時，也等於熟悉了48個N4文法，同時增強了閱讀能力！

★「標音、中譯」是最佳的輔助學習！

- 全書所有單字以及例句，均附上日文標音以及中文翻譯，學習零負擔！
- 所有翻譯盡量採取「字對字」的翻譯方式，讓讀者直覺式記憶，盡速熟記所有重點！

★「延伸學習」增加字彙量，學習零疏漏，實力加倍！

- 單字視情況，輔以多元學習，要讀者融會貫通、舉一反三！

  似：意思相似的單字

  反：意思相反的單字

  延：延伸學習的單字

★搭配「音檔」，除了可以隨時記憶，更是取得「聽解」考科高分的關鍵！

- 全書單字和例句，皆由日籍作者親自錄製標準日語朗讀音檔，掃描QR Code即可下載。
- 一邊聆聽一邊記憶，連N4「聽解」考科也一併準備好了！

★模擬實際日語檢定，「30回實力測驗」好扎實！

- 全書30天，每天背誦24個單字後的「實力測驗」，可以馬上檢視學習情況！
- 出題形式有「選出正確的讀音」、「選出正確的漢字」、「選出正確的單字」、「選出單字用法正確的句子」四種，皆是實際考試會出現的題型，讓您應試時不慌不忙！

★「實力測驗」解答，釐清學習盲點！

- 本書最後的「附錄」中，有「實力測驗」的解答與中文翻譯。
- 做完測驗後，立即確認解答，釐清學習盲點，助讀者一試成功！

如何掃描 QR Code 下載音檔

1. 以手機內建的相機或是掃描 QR Code 的 App 掃描封面的 QR Code。
2. 點選「雲端硬碟」的連結之後，進入音檔清單畫面，接著點選畫面右上角的「三個點」。
3. 點選「新增至「已加星號」專區」一欄，星星即會變成黃色或黑色，代表加入成功。
4. 開啟電腦，打開您的「雲端硬碟」網頁，點選左側欄位的「已加星號」。
5. 選擇該音檔資料夾，點滑鼠右鍵，選擇「下載」，即可將音檔存入電腦。

目次

第01〜12天　名詞

完成請打 ✔

第13天　い形容詞

第14天　な形容詞

第15～25天　動詞

第26～27天　副詞

完成請打 ✔

第28～29天　外來語

完成請打 ✔

第30天　其他

完成請打 ✔

1

依詞性分類，用30天記憶N4必考單字：

□ **親**
おや

雙親、父母親

例 親を 大事に します。
おや　だいじ

珍惜雙親。

何でも 親に 話します。
なん　　　　おや　　はな

什麼都跟父母親説。

似 **両親** 雙親
りょうしん

延 **父** 父親
ちち

母 母親
はは

□ **祖父**
そ ふ

祖父

例 祖父は とても 元気です。
そ ふ　　　　　　　げん き

祖父非常硬朗。

祖父は ８８歳です。
そ ふ　　　はちじゅうはっさい

祖父88歳。

延 **おじいさん**
（尊稱自己和別人
的）祖父、老爺爺

□ **祖母**
そ ぼ

祖母

例 祖母は もう いません。
そ ぼ

祖母已經不在了。

祖母は ドイツ語が 少し 話せます。
そ ぼ　　　　　　ご　　　すこ　　はな

祖母會説一點德語。

延 **おばあさん**
（尊稱自己和別人
的）祖母、老奶奶

□ **夫**
おっと

丈夫

例 夫は 銀行員です。
おっと　　ぎんこういん

丈夫是銀行職員。

これは 夫が 買って くれました。
　　　　おっと　か

這是丈夫買給我的。

似 **主人** 主人、丈夫、老
しゅじん
公、店主

旦那 丈夫、老公
だん な

012

□ 妻（つま）　　　　　　　　　　　　　　妻子

例 妻（つま）は　料理（りょうり）が　上手（じょうず）です。
妻子很會做菜。

今日（きょう）は　妻（つま）の　誕生日（たんじょうび）です。
今天是妻子的生日。

似 家内（かない）（謙稱自己的）
妻子、內人
女房（にょうぼう）妻子、老婆

□ 子（こ）　　　　　　　　　　　　　　　兒女、孩子、小孩

例 あれが　うちの　子（こ）です。
那是我家的小孩。

その子（こ）は　誰（だれ）ですか。
那個小孩是誰呢？

似 お子（こ）さん
（尊稱別人的）兒
女、孩子
子供（こども）
孩子、兒童、小孩

□ 息子（むすこ）　　　　　　　　　　　　兒子

例 息子（むすこ）は　大学生（だいがくせい）です。
兒子是大學生。

うちには　息子（むすこ）が　2人（ふたり）　います。
我家有2個兒子。

延 お子（こ）さん
（尊稱別人的）兒
女、孩子

□ 娘（むすめ）　　　　　　　　　　　　　女兒、少女

例 娘（むすめ）は　もう　結婚（けっこん）しました。
女兒已經結婚了。

娘（むすめ）は　アメリカに　住（す）んで　います。
女兒住在美國。

延 お嬢（じょう）さん　令嬡、小姐

013

□ ご主人 <ruby>主<rt>しゅ</rt></ruby><ruby>人<rt>じん</rt></ruby>

（尊稱別人的）
先生

例 ご<ruby>主人<rt>しゅじん</rt></ruby>は　<ruby>今<rt>いま</rt></ruby>、いらっしゃいますか。
您的先生，現在在嗎？

ご<ruby>主人<rt>しゅじん</rt></ruby>と　<ruby>食<rt>た</rt></ruby>べて　ください。
請和您的先生一起吃。

□ <ruby>奥<rt>おく</rt></ruby>さん

（尊稱別人的）
太太

例 <ruby>社長<rt>しゃちょう</rt></ruby>の　<ruby>奥<rt>おく</rt></ruby>さんは　きれいです。
社長的太太很漂亮。

<ruby>奥<rt>おく</rt></ruby>さんも　<ruby>学校<rt>がっこう</rt></ruby>の　<ruby>先生<rt>せんせい</rt></ruby>ですか。
您的太太也是學校的老師嗎？

□ <ruby>家内<rt>か ない</rt></ruby>

（謙稱自己的）
妻子、內人

例 <ruby>家内<rt>か ない</rt></ruby>は　とても　<ruby>優<rt>やさ</rt></ruby>しいです。
我太太非常溫柔。

<ruby>家内<rt>か ない</rt></ruby>と　<ruby>旅行<rt>りょこう</rt></ruby>したいです。
想和內人旅行。

似 <ruby>妻<rt>つま</rt></ruby> 妻子
<ruby>女房<rt>にょうぼう</rt></ruby> 妻子、老婆

□ お<ruby>子<rt>こ</rt></ruby>さん

（尊稱別人的）
兒女、孩子

例 お<ruby>子<rt>こ</rt></ruby>さんは　<ruby>何人<rt>なんにん</rt></ruby>　いますか。
您有幾個小孩呢？

これを　お<ruby>子<rt>こ</rt></ruby>さんに　<ruby>渡<rt>わた</rt></ruby>して　ください。
請把這個交給您的小孩。

似 <ruby>子<rt>こ</rt></ruby> 兒女、孩子、小孩
<ruby>子供<rt>こ ども</rt></ruby> 孩子、兒童、小孩

□ **お嬢さん**
　じょう

令嬢、小姐

例 部長の　お嬢さんは　病気だそうです。
　 ぶ ちょう　　　じょう　　　　びょう き

延　娘　女兒、少女
　　むすめ

聽説部長的女兒生病了。

お嬢さんは　テニスを　しますか。
　じょう

令嬡打網球嗎？

□ **警察**
　けい さつ

警察

例 警察が　すりを　捕まえました。
　 けい さつ　　　　　　つか

警察逮到扒手了。

警察が　たくさん　います。
けい さつ

有很多警察。

□ **泥棒**
　どろ ぼう

小偷

例 泥棒に　入られました。
　 どろ ぼう　　はい

被小偷侵入了。

彼は　泥棒のようです。
かれ　　　どろ ぼう

他好像是小偷。

□ **すり**

扒手

例 すりに　気を　つけて　ください。
　　　　　き

請小心扒手。

この辺は　すりが　多いそうです。
　　へん　　　　　　おお

聽説這附近扒手很多。

□ **店員**　_{てん いん}　　　　　　　　　　　　　店員

㉕ わたしは　スーパーの　店員です。　_{てんいん}　　延 店 商店　_{みせ}
我是超級市場的店員。

店員に　聞いて　ください。　_{てんいん}　_き
請詢問店員。

□ **客**　_{きゃく}　　　　　　　　　　　　　客人

㉕ このデパートは　客が　少ないです。　_{きゃく}　_{すく}
這家百貨公司客人很少。

セールで　客が　たくさん　います。　_{きゃく}
因為大減價，客人很多。

□ **お金持ち**　_{かね も}　　　　　　　　　有錢人（「金持ち」的美化語）　_{かね も}

㉕ 彼は　お金持ちです。　_{かれ}　_{かね も}　　似 金持ち 有錢人　_{かね も}
他是有錢人。

お金持ちに　なりたいです。　_{かね も}
想變成有錢人。

□ **医者**　_{い しゃ}　　　　　　　　　　　醫生

㉕ 祖父も　父も　医者です。　_{そ ふ}　_{ちち}　_{いしゃ}　　似 医師 醫師　_{い し}
我祖父和父親都是醫生。

医者の　仕事は　大変です。　_{いしゃ}　_{しごと}　_{たいへん}
醫生的工作很辛苦。

□ **歯医者**（は　い　しゃ）　　　　　　　　　　　牙醫

例　うちの　娘（むすめ）は　歯医者（は　い　しゃ）です。
我的女兒是牙醫。

将来（しょうらい）は　歯医者（は　い　しゃ）に　なりたいです。
將來想成為牙醫。

□ **看護師**（かん　ご　し）　　　　　　　　　　　護理師

例　看護師（かん　ご　し）は　あまり　休（やす）めません。
護理師不太能休息。

ここの　看護師（かん　ご　し）は　みんな　優（やさ）しいです。
這裡的護理師大家都很溫柔。

□ **運転手**（うん　てん　しゅ）　　　　　　　　　駕駛

例　兄（あに）は　タクシーの　運転手（うん　てん　しゅ）です。
哥哥是計程車的駕駛。

バスの　運転手（うん　てん　しゅ）に　なるつもりです。
打算當公車的駕駛。

□ **公務員**（こう　む　いん）　　　　　　　　　　公務員

例　公務員（こう　む　いん）は　安定（あん　てい）して　います。
公務員很安定。

公務員（こう　む　いん）に　なろうと　思（おも）います。
想當公務員。

實力測驗！

問題 1. ＿＿＿＿ の ことばは どう よみますか。1・2・3・4から
いちばん いい ものを ひとつ えらんで ください。

1. （　　）夫は ぎんこうで はたらいて います。
　　　①おい　　　　②おじ　　　　③おっと　　　　④おっす

2. （　　）ぶちょうの お子さんは アメリカに すんで いるそうです。
　　　①し　　　　②こ　　　　③い　　　　④す

3. （　　）あそこに いるのは 家内の おにいさんです。
　　　①いない　　②いえない　　③かない　　④うちない

問題 2. ＿＿＿＿ の ことばは どう かきますか。1・2・3・4から
いちばん いい ものを ひとつ えらんで ください。

1. （　　）ちちは 昔、こうむいんでした。
　　　①工事員　　②公務員　　③行政員　　④行事員

2. （　　）むすめは りょうりが にがてです。
　　　①妻　　　　②娘　　　　③母　　　　④姉

3. （　　）わたしは スーパーの てんいんを して います。
　　　①主人　　　②主員　　　③店員　　　④店主

問題 3. （　　　　）に ふさわしい ものは どれですか。1・2・3・4
から いちばん いい ものを ひとつ えらんで ください。

1. けいさつは （　　　　）を つかまえました。
　　①りょうり　　②たいふう　　③おしいれ　　④どろぼう

2. （　　　　）は　来月　ひゃくさいに　なります。

①そふ　　　　　②むすこ　　　　　③ゆびわ　　　　　④しみん

3. わたしは　（　　　　）と　いっしょに　すんで　います。

①しお　　　　　②くび　　　　　③ごみ　　　　　④おや

問題4. つぎの　ことばの　つかいかたで　いちばん　いい　ものを　1・2・3・4から　ひとつ　えらんで　ください。

1. うんてんしゅ

①うんてんしゅは　でんしゃを　うんてんします。

②うんてんしゅは　はしを　うんてんします。

③うんてんしゅは　とこやに　います。

④うんてんしゅは　こうつうの　けいさつです。

2. かんごし

①かんごしは　すばらしい　しごとです。

②かんごしは　うれしい　しごとです。

③びょういんで　かんごしを　つくります。

④びょういんで　かんごしと　うって　います。

3. おかねもち

①むすこの　ゆめは　おかねもちに　なることです。

②しょうらいは　きけんな　おかねもちに　なりたいです。

③むすめは　おかねもちと　えらんで　います。

④おかねもちは　わたしに　おかねを　さわりました。

□ **機械**
<ruby>機<rt>き</rt></ruby><ruby>械<rt>かい</rt></ruby>

機械、機器

例 <ruby>工場<rt>こうじょう</rt></ruby>の <ruby>機械<rt>きかい</rt></ruby>が <ruby>壊<rt>こわ</rt></ruby>れました。
工廠的機器壞掉了。

<ruby>友<rt>これ</rt></ruby>は <ruby>印刷<rt>いんさつ</rt></ruby>の <ruby>機械<rt>きかい</rt></ruby>です。
這是印刷的機器。

□ **漫画**
<ruby>漫<rt>まん</rt></ruby><ruby>画<rt>が</rt></ruby>

漫畫

例 <ruby>日本<rt>にほん</rt></ruby>の <ruby>漫画<rt>まんが</rt></ruby>は <ruby>有名<rt>ゆうめい</rt></ruby>です。
日本的漫畫很有名。

延 アニメ 動畫

<ruby>友<rt>とも</rt></ruby>だちに <ruby>漫画<rt>まんが</rt></ruby>を <ruby>貸<rt>か</rt></ruby>します。
借漫畫給朋友。

□ **放送**
<ruby>放<rt>ほう</rt></ruby><ruby>送<rt>そう</rt></ruby>

廣播、播出、播放

例 あのアナウンサーの <ruby>放送<rt>ほうそう</rt></ruby>が <ruby>好<rt>す</rt></ruby>きです。
喜歡那個播報員的播報。

延 テレビ 電視

<ruby>深夜<rt>しんや</rt></ruby>、ラジオの <ruby>放送<rt>ほうそう</rt></ruby>を <ruby>聞<rt>き</rt></ruby>きます。
半夜,聽收音機的廣播。

□ **番組**
<ruby>番<rt>ばん</rt></ruby><ruby>組<rt>ぐみ</rt></ruby>

節目

例 この<ruby>番組<rt>ばんぐみ</rt></ruby>は つまらないです。
這個節目很無聊。

延 ドラマ 連續劇

おもしろい <ruby>番組<rt>ばんぐみ</rt></ruby>が <ruby>見<rt>み</rt></ruby>たいです。
想看有趣的節目。

□ 季節
（き せつ）

季節

例 寒い 季節は 苦手です。
（我）怕寒冷的季節。

桜の 季節に なりました。
櫻花的季節到來了。

延 春 春天
夏 夏天
秋 秋天
冬 冬天

□ 空気
（くう き）

空氣、氣氛

例 山の 空気は おいしいです。
山上的空氣很新鮮。

空気を いっぱい 吸いましょう。
滿滿地吸取空氣吧！

□ 景色
（け しき）

風景、景色

例 ここの 景色は すばらしいです。
這裡的風景很棒。

海の 景色を 描きましょう。
畫海的風景吧！

似 風景 風景、情景

□ 雲
（くも）

雲

例 雲の 形は おもしろいです。
雲的形狀很有趣。

雲が たくさん 出て きました。
很多雲跑出來了。

延 曇り 陰天

□ **太陽**（たいよう）　　　　　　　　　　　　太陽

例　彼女は　明るくて　太陽みたいです。
（かのじょ）（あか）（たいよう）
她很開朗，就像太陽一樣。

久しぶりの　太陽です。
（ひさ）（たいよう）
久違的太陽。

延　晴れ　晴天
（は）

□ **月**（つき）　　　　　　　　　　　　　　月亮

例　今日は　月が　見えません。
（きょう）（つき）（み）
今天看不到月亮。

月は　出ないかもしれません。
（つき）（で）
月亮說不定不出來。

□ **星**（ほし）　　　　　　　　　　　　　　星星

例　空に　星が　たくさん　あります。
（そら）（ほし）
天空中有很多星星。

娘は　星の　形が　好きです。
（むすめ）（ほし）（かたち）
女兒喜歡星星的形狀。

□ **雨**（あめ）　　　　　　　　　　　　　雨、雨天

例　明日は　たぶん　雨でしょう。
（あした）（あめ）
明天大概是雨天吧！

今週は　ずっと　雨だと　思います。
（こんしゅう）（あめ）（おも）
我覺得這星期一直都會是雨天。

延　傘　傘
（かさ）

□ 光（ひかり）

例 光（ひかり）が　まぶしいです。
光線很刺眼。

光（ひかり）の　方向（ほうこう）へ　歩（ある）きましょう。
朝光的方向走吧！

光亮、光線、光澤、光芒、光輝、光明

延 明（あか）るい　明亮的
　　灯（あか）り　光、亮、燈
　　電気（でんき）　電、電力、電燈

□ 火（ひ）

例 火（ひ）を　つけて　ください。
請點火。

ガスの　火（ひ）を　消（け）しましたか。
關瓦斯的火了嗎？

火

□ 火事（かじ）

例 近所（きんじょ）で　火事（かじ）が　あったそうです。
據說附近有火災。

火事（かじ）は　とても　怖（こわ）いです。
火災非常恐怖。

火災、失火

延 消防車（しょうぼうしゃ）　消防車

□ 地震（じしん）

例 今日（きょう）は　地震（じしん）が　5回（ごかい）も　ありました。
今天地震高達5次。

さっきの　地震（じしん）は　大（おお）きかったです。
剛才的地震很大。

地震

023

□ 台風 <ruby>台<rt>たい</rt></ruby><ruby>風<rt>ふう</rt></ruby>　　　　　　　　　　颱風

例　<ruby>今月<rt>こんげつ</rt></ruby>は　<ruby>台風<rt>たいふう</rt></ruby>が　<ruby>多<rt>おお</rt></ruby>いです。

延　<ruby>風<rt>かぜ</rt></ruby>　風

這個月颱風很多。

<ruby>台風<rt>たいふう</rt></ruby>でも　<ruby>会社<rt>かいしゃ</rt></ruby>へ　<ruby>行<rt>い</rt></ruby>きます。

就算颱風也要去公司。

□ 海岸 <ruby>海<rt>かい</rt></ruby><ruby>岸<rt>がん</rt></ruby>　　　　　　　　　　海岸

例　<ruby>夫<rt>おっと</rt></ruby>と　<ruby>海岸<rt>かいがん</rt></ruby>を　<ruby>散歩<rt>さんぽ</rt></ruby>したいです。

延　<ruby>海<rt>うみ</rt></ruby>　海
　　<ruby>波<rt>なみ</rt></ruby>　波浪
　　<ruby>砂<rt>すな</rt></ruby>　沙

想和丈夫在海岸散步。

ここの　<ruby>海岸<rt>かいがん</rt></ruby>は　にぎやかです。

這裡的海岸很熱鬧。

□ 島 <ruby>島<rt>しま</rt></ruby>　　　　　　　　　　島

例　<ruby>島<rt>しま</rt></ruby>で　のんびり　<ruby>過<rt>す</rt></ruby>ごしたいです。

想在島上悠閒度過。

あの<ruby>島<rt>しま</rt></ruby>には　<ruby>誰<rt>だれ</rt></ruby>も　<ruby>住<rt>す</rt></ruby>んで　いません。

那座島嶼沒有任何人住。

□ 湖 <ruby>湖<rt>みずうみ</rt></ruby>　　　　　　　　　　湖

例　<ruby>会場<rt>かいじょう</rt></ruby>は　<ruby>湖<rt>みずうみ</rt></ruby>の　そばです。

會場在湖的旁邊。

この<ruby>湖<rt>みずうみ</rt></ruby>は　とても　<ruby>深<rt>ふか</rt></ruby>いそうです。

聽說這個湖非常深。

□ **池**
いけ

池、水池

例 池に　いろいろな　動物が　います。
いけ　　　　　　どうぶつ

池子裡有各式各樣的動物。

この公園には　池が　3つ　あります。
こうえん　　いけ　　みっ

這個公園有3個池塘。

延 魚 魚
さかな

亀 烏龜
かめ

蛙 青蛙
かえる

□ **水道**
すい どう

自來水（管）

例 水道の　水が　出ません。
すいどう　みず　で

自來水管的水出不來。

水道を　壊したのは　誰ですか。
すいどう　こわ　　　　だれ

把自來水管弄壞的是誰？

□ **湯**
ゆ

開水、熱水、洗澡
水、澡堂、溫泉

例 祖母は　毎朝、湯を　飲みます。
そ ぼ　　まいあさ　ゆ　　の

祖母每天早上喝熱開水。

シャワーの　湯が　出ません。
ゆ　　で

淋浴的熱水出不來。

似 お湯
ゆ
開水、熱水、洗澡水、
澡堂、溫泉（「湯」的
美化語）

延 温かい 溫暖的、溫熱的
あたた

熱い 熱的、燙的
あつ

□ **席**
せき

座位、公開場所

例 あなたの　席は　あそこです。
せき

你的座位在那裡。

お年寄りに　席を　譲りましょう。
とし よ　　せき　　ゆず

把座位禮讓給老年人吧！

實力測驗！

問題 1. ＿＿＿＿＿の　ことばは　どう　よみますか。1・2・3・4から
いちばん　いい　ものを　ひとつ　えらんで　ください。

1. （　　） わたしは　漫画の　本を　たくさん　もって　います。
　　　①はんか　　　②はんが　　　③まんか　　　④まんが

2. （　　） とかいの　空気は　新鮮では　ありません。
　　　①そらき　　　②くうき　　　③そらけ　　　④そらき

3. （　　） こうえんに　大きい　池が　あります。
　　　①いけ　　　②こけ　　　③きけ　　　④ちけ

問題 2. ＿＿＿＿＿の　ことばは　どう　かきますか。1・2・3・4から
いちばん　いい　ものを　ひとつ　えらんで　ください。

1. （　　） ことしは　ゆきが　ふりませんでした。
　　　①雲　　　②星　　　③雪　　　④雨

2. （　　） きのうから　じしんが　なんども　あります。
　　　①地震　　　②火事　　　③台風　　　④泥棒

3. （　　） このみずうみは　日本で　いちばん　大きいです。
　　　①海　　　②湖　　　③島　　　④川

問題 3. （　　　　　）に　ふさわしい　ものは　どれですか。1・2・3・4
から　いちばん　いい　ものを　ひとつ　えらんで　ください。

1. きょうは　（　　　　　）が　でて　いません。
　　　①つま　　　②つき　　　③しま　　　④しぬ

2. おおきい　（　　　　）で　木が　たおれました。

　　①あかちゃん　　　②ほうそう　　　　③ばんぐみ　　　　④たいふう

3. 昨日の　（　　　　）で　8人も　しんだそうです。

　　①すり　　　　　　②かじ　　　　　　③せき　　　　　　④ごみ

問題4. つぎの　ことばの　つかいかたで　いちばん　いい　ものを　1・2・3・4から　ひとつ　えらんで　ください。

1. ほうそう

　　①アナウンサーは　ほうそうを　れんらくします。

　　②にほんには　きれいな　ほうそうが　たくさん　あります。

　　③えきの　ほうそうを　しっかり　ききます。

　　④ともだちと　ほうそうを　たべに　いきました。

2. ばんぐみ

　　①おとうとは　いつも　ばんぐみで　かみを　きります。

　　②どんな　テレビばんぐみが　すきですか。

　　③ははと　スーパーで　ばんぐみを　2つ　かいました。

　　④ばんぐみは　ビルの　5かいで　うって　います。

3. けしき

　　①けしきは　もう　来て　いるはずです。

　　②これを　けしきに　家を　かいましょう。

　　③2人は　どんな　けしきですか。

　　④このしまの　けしきは　すばらしいです。

□ **頭**<ruby>あたま</ruby>

頭、頭髮、頭目、
頭腦、人頭、開頭

例 風邪<ruby>かぜ</ruby>で 頭<ruby>あたま</ruby>が 痛<ruby>いた</ruby>いです。
因為感冒,頭很痛。

赤<ruby>あか</ruby>ちゃんの 頭<ruby>あたま</ruby>は 小<ruby>ちい</ruby>さいです。
嬰兒的頭很小。

□ **目**<ruby>め</ruby>

眼睛、眼球、
眼神、視力

例 昨日<ruby>きのう</ruby>から 目<ruby>め</ruby>が かゆいです。
從昨天開始眼睛就很癢。

娘<ruby>むすめ</ruby>は 目<ruby>め</ruby>が たいへん 悪<ruby>わる</ruby>いです。
女兒的眼睛非常不好。(女兒的視力非常不好。)

延 視力<ruby>しりょく</ruby> 視力
眼鏡<ruby>めがね</ruby> 眼鏡

□ **耳**<ruby>みみ</ruby>

耳朵、聽力、(器
物的)提手

例 祖父<ruby>そふ</ruby>の 耳<ruby>みみ</ruby>は 大<ruby>おお</ruby>きいです。
祖父的耳朵很大。

わたしは 耳<ruby>みみ</ruby>が とても いいです。
我的耳朵非常好。(我的聽力非常好。)

□ **口**<ruby>くち</ruby>

口、嘴、出入口、
口味

例 口<ruby>くち</ruby>を 大<ruby>おお</ruby>きく 開<ruby>あ</ruby>けて ください。
請把嘴巴大大地張開。

口<ruby>くち</ruby>の 周<ruby>まわ</ruby>りに 何<ruby>なに</ruby>か ついて います。
嘴巴的周圍沾著什麼。

延 唇<ruby>くちびる</ruby> 嘴唇

□ 鼻 (はな)

鼻子、鼻涕

例 彼は 鼻が 低いです。 (かれ / はな / ひく)
他的鼻子很塌。

延 匂い (にお) 味道

たまに 鼻の 中を そうじしましょう。 (はな / なか)
偶爾清清鼻子裡面吧！

□ おなか

肚子

例 おなかが 空いて いますか。 (す)
肚子餓嗎？

反 背中 (せなか) 背、脊背、背後、背面

おなかが 痛いから 学校を 休みました。 (いた / がっこう / やす)
因為肚子痛，所以跟學校請假了。

□ 背中 (せなか)

背、脊背、背後、背面

例 背中が 非常に かゆいです。 (せなか / ひじょう)
背非常癢。

反 おなか 肚子

息子は わたしの 背中が 好きみたいです。 (むすこ / せなか / す)
兒子好像喜歡我的背似的。

□ 髪 (かみ)

頭髮

例 母は 髪を 黒く 染めました。 (はは / かみ / くろ / そ)
母親把頭髮染黑了。

似 髪の毛 (かみ け) 頭髮

夫は 髪の 長い 女性が 好きです。 (おっと / かみ / なが / じょせい / す)
老公喜歡長頭髮的女性。

□ 毛{け}　　　　　　　　　　　　　毛、毛髮

例 足{あし}の　毛{け}が　とても　濃{こ}いです。　　　　似 ヘア　毛髮
脚的毛非常濃。
最近{さいきん}、毛{け}が　たくさん　抜{ぬ}けます。
最近，掉很多頭髮。

□ 髭{ひげ}　　　　　　　　　　　　　鬍鬚、鬍子

例 祖父{そふ}は　髭{ひげ}を　伸{の}ばして　います。
祖父把鬍鬚留得很長。
髭{ひげ}を　剃{そ}ったほうが　いいです。
剃掉鬍子比較好。

□ 腕{うで}　　　　　　　　　　　　　胳膊、上臂、腕
力、力氣、本事

例 父{ちち}の　腕{うで}は　とても　太{ふと}いです。
父親的胳膊非常粗。
あの新人{しんじん}は　腕{うで}が　あると　思{おも}います。
我覺得那個新人有本事。

□ 足{あし}　　　　　　　　　　　　　腳、腿、腳步、吃
水、交通工具、來
往

例 彼女{かのじょ}は　足{あし}が　細{ほそ}くて　きれいです。　　延 手{て}　手
她的腿又細又漂亮。
小田選手{おだせんしゅ}は　足{あし}が　速{はや}いです。
小田選手腳步很快。

030

□ 喉 ^{のど}　　　　　　　　　　嗓子、喉嚨、要害

例 喉が　渇きませんか。
喉嚨不渴嗎？

喉が　痛いから　風邪かもしれません。
因為喉嚨很痛，說不定感冒了。

□ 首 ^{くび}　　　　　　　　　　頸、脖子、領子、
　　　　　　　　　　　　　　　　腦袋

例 蚊に　首を　刺されました。
被蚊子叮到脖子。

きりんの　首は　とても　長いです。
長頸鹿的脖子非常長。

□ 指 ^{ゆび}　　　　　　　　　　手指、腳趾

例 料理で　指を　切りました。
因做菜切到了手指頭。

手の　指は　ぜんぶで　10本　あります。
手指頭總共有10根。

□ 爪 ^{つめ}　　　　　　　　　　爪、指甲

例 爪を　切りすぎて　しまいました。
指甲剪過頭了。

ピアノを　弾く前に　爪を　切ります。
彈鋼琴之前剪指甲。

□ 心（こころ）

心、心地、心胸、精神、心情、內心、心思、意志

㊸ わたしたちは　心（こころ）が　通（つう）じて　います。
我們心意相通。

妻（つま）は　心（こころ）が　とても　広（ひろ）いです。
妻子的心胸非常寬闊。

□ 血（ち）

血、血液

㊸ 鼻（はな）から　血（ち）が　出（で）ました。
血從鼻子流出來了。

血（ち）が　ぜんぜん　止（と）まりません。
血完全停不住。

似　血液（けつえき）血液
延　怪我（けが）受傷

□ 力（ちから）

體力、力氣、力量、努力、物力

㊸ おなかが　空（す）いて　力（ちから）が　出（で）ません。
肚子餓，使不出力。

金（かね）の　力（ちから）に　頼（たよ）るべきでは　ありません。
不應該倚賴金錢的力量。

似　パワー　力、力量、能力、權力

□ 気持（きも）ち

心情、感情、情緒、身體舒服與否的感覺

㊸ 彼（かれ）の　気持（きも）ちを　知（し）りたいです。
想知道他的心情。

わたしの　気持（きも）ちも　考（かんが）えて　ください。
也請考慮我的心情。

□ 気分（き ぶん）

情緒、心情、身體
舒服與否

例 気分（き ぶん）が　よく　ありません。
不舒服。/心情不好。

船（ふね）の　中（なか）で　気分（き ぶん）が　悪（わる）くなりました。
在船裡面變得不舒服。

□ 病気（びょう き）

病、疾病

例 先生（せん せい）は　病気（びょう き）で　休（やす）みだそうです。
聽說老師因病請假。

わたしは　病気（びょう き）を　したことが　ありません。
我沒有生過病。

□ 病院（びょう いん）

醫院

例 姉（あね）は　病院（びょう いん）で　働（はたら）いて　います。
姊姊在醫院工作。

わたしは　病院（びょう いん）が　苦手（にが て）です。
我不喜歡醫院。

□ 怪我（け が）

傷、受傷、過失

例 手（て）の　怪我（け が）が　なかなか　治（なお）りません。
手的傷怎麼也好不了。

それほどの　怪我（け が）では　ありません。
不是那麼嚴重的傷。

實力測驗！

問題 1. _____ の ことばは どう よみますか。1・2・3・4から いちばん いい ものを ひとつ えらんで ください。

1. （　　） 彼は 髪を きったほうが いいです。
　　　　①はつ　　　　②かみ　　　　③はい　　　　④かい

2. （　　） おなかも いたいし、喉も いたいです。
　　　　①のど　　　　②みみ　　　　③くち　　　　④あし

3. （　　） くすりを 飲んだのに、まだ 頭が いたいです。
　　　　①せなか　　　　②ひかり　　　　③きもち　　　　④あたま

問題 2. _____ の ことばは どう かきますか。1・2・3・4から いちばん いい ものを ひとつ えらんで ください。

1. （　　） 毎年 5月に なると、はなが かゆいです。
　　　　①花　　　　②春　　　　③鼻　　　　④口

2. （　　） 検査が あるので、つめを きらなければ なりません。
　　　　①足　　　　②爪　　　　③腕　　　　④血

3. （　　） 父は びょうきなのに、かいしゃへ 行きました。
　　　　①病院　　　　②怪我　　　　③病気　　　　④医者

問題 3. （　　　） に ふさわしい ものは どれですか。1・2・3・4から いちばん いい ものを ひとつ えらんで ください。

1. てんきが いいと、（　　　） が いいです。
　　　　①あたま　　　　②きもち　　　　③ちから　　　　④けしき

2. (　　　　) が　かわいたので、みずを　のみましょう。

　　①あし　　　　　②みみ　　　　　③ゆび　　　　　④のど

3. このブラシの　(　　　　) は　とても　柔らかいです。

　　①け　　　　　　②ち　　　　　　③か　　　　　　④き

問題 4. つぎの　ことばの　つかいかたで　いちばん　いい　ものを　1・
**　　　2・3・4から　ひとつ　えらんで　ください。**

1. ひげ

　　①あのろうじんの　ひげは　ぜんぶ　しろいです。

　　②おしいれの　中に　ひげが　あります。

　　③新しい　ひげの　せつめいを　して　ください。

　　④次の　ひげに　のりましょう。

2. けが

　　①たんじょうびに　けがを　もらいました。

　　②わたしの　しゅみは　けがです。

　　③むすこは　テニスの　しあいで　けがを　しました。

　　④あしたの　けがが　たのしみです。

3. かみ

　　①かみは　びょういんで　はたらいて　います。

　　②わるい　かみは　たべたほうが　いいです。

　　③あねに　かみを　えらびます。

　　④かみは　よく　あらってから、そめたほうが　いいです。

□ **具合**（ぐあい）

（事物或心情、健康的）狀況、情形

例 パソコンの 具合（ぐあい）が よくないです。
電腦的狀況不好。

具合（ぐあい）が 悪（わる）いので、帰（かえ）ります。
由於不舒服，所以要回家。

似 調子（ちょうし）（事物或身體的）狀態、情況

□ **熱**（ねつ）

熱、熱度、熱心、熱衷、發燒

例 今朝（けさ）、少（すこ）し 熱（ねつ）が ありました。
今天早上，有點發燒。

熱（ねつ）の ため、学校（がっこう）を 休（やす）みました。
因為發燒，跟學校請假了。

延 発熱（はつねつ）發熱、發燒
風邪（かぜ）感冒

□ **事故**（じこ）

事故

例 近（ちか）くで 事故（じこ）が あったそうです。
聽說這附近有事故。

事故（じこ）の 原因（げんいん）は 何（なん）ですか。
事故的原因是什麼呢？

延 交通事故（こうつうじこ）車禍、交通事故

□ **電灯**（でんとう）

電燈

例 暗（くら）いので、電灯（でんとう）を つけましょう。
由於很暗，開電燈吧！

寝（ね）る前（まえ）に、電灯（でんとう）を 消（け）します。
睡覺前，會關電燈。

延 電気（でんき）電、電力、電燈
灯（あか）り 光、亮、燈

□ **彼**（かれ）　　　　　　　他、男朋友

例　彼は　わたしの　兄です。
他是我的哥哥。

わたしの　彼は　公務員です。
我的男朋友是公務員。

反 **彼女**（かのじょ）　她、女朋友

□ **彼女**（かのじょ）　　　　她、女朋友

例　彼女は　有名な　歌手だそうです。
聽說她是有名的歌手。

ぼくの　彼女は　大学生です。
我的女朋友是大學生。

反 **彼**（かれ）　他、男朋友

□ **男性**（だんせい）　　　　男性

例　そこは　男性の　トイレです。
那裡是男生廁所。

男性の　上着は　大きいです。
男生的外衣很大。

似 **男**（おとこ）　男生
反 **女性**（じょせい）　女性

□ **女性**（じょせい）　　　　女性

例　あの女性は　アナウンサーだそうです。
據説那個女生是播報員。

好きな　女性は　いますか。
有喜歡的女生嗎？

似 **女**（おんな）　女生
反 **男性**（だんせい）　男性

037

□ 国 <ruby>国<rt>くに</rt></ruby>　　　　　　　　　　　　　　　　　　　國、國家

例 どこの　<ruby>国<rt>くに</rt></ruby>の　<ruby>商品<rt>しょうひん</rt></ruby>ですか。　　　　　似 <ruby>国家<rt>こっか</rt></ruby>　國家
是哪一國的產品呢？

あの<ruby>国<rt>くに</rt></ruby>は　<ruby>非常<rt>ひじょう</rt></ruby>に　<ruby>貧<rt>まず</rt></ruby>しいそうです。
據説那個國家非常貧窮。

□ <ruby>昔<rt>むかし</rt></ruby>　　　　　　　　　　　　　　　　　　　從前、往昔

例 <ruby>昔<rt>むかし</rt></ruby>の　ことは　すっかり　<ruby>忘<rt>わす</rt></ruby>れました。　　　反 <ruby>今<rt>いま</rt></ruby>　現在、目前
以前的事情完全忘記了。

<ruby>彼女<rt>かのじょ</rt></ruby>は　<ruby>昔<rt>むかし</rt></ruby>より　きれいに　なりました。
她變得比以前漂亮了。

□ <ruby>今<rt>いま</rt></ruby>　　　　　　　　　　　　　　　　　　　現在、目前

例 <ruby>今<rt>いま</rt></ruby>は　とても　<ruby>便利<rt>べんり</rt></ruby>な　<ruby>時代<rt>じだい</rt></ruby>です。　　　反 <ruby>昔<rt>むかし</rt></ruby>　從前、往昔
現在是非常方便的時代。

<ruby>今<rt>いま</rt></ruby>、<ruby>何時<rt>なんじ</rt></ruby>ですか。
現在，幾點呢？

□ <ruby>間<rt>あいだ</rt></ruby>　　　　　　　　　　　　　　　　　　　（之）間、中間、
　　　　　　　　　　　　　　　　　　　　　　　　間隔、期間

例 <ruby>病気<rt>びょうき</rt></ruby>の　<ruby>間<rt>あいだ</rt></ruby>、ずっと　<ruby>寝<rt>ね</rt></ruby>て　いました。
生病期間，一直睡著。

あの<ruby>夫婦<rt>ふうふ</rt></ruby>の　<ruby>間<rt>あいだ</rt></ruby>には　<ruby>子供<rt>こども</rt></ruby>が　いません。
那對夫婦之間沒有小孩。

□ 県   縣

例 彼女は　長野県の　出身です。
她在長野縣出生。

空港は　千葉県に　あります。
機場位於千葉縣。

□ 市   市、城市

例 この市には　港が　あります。
這座城市有港口。

わたしは　京都市に　住んで　います。
我住在京都市。

□ 都   都、首都

例 祖父は　生まれも　育ちも　東京都です。
祖父不管出生還是成長，都在東京都。

このイベントは　東京都が　行うそうです。
據說這個活動是東京都舉辦。

□ ごみ   垃圾

例 ここに　ごみを　捨てては　いけません。   延 リサイクル　資源回收
這裡不可以丟垃圾。   瓶　瓶
                                            缶　罐
ごみは　持ち帰りましょう。   紙　紙
垃圾帶回去吧！

□ **お札**（さつ）

紙幣、鈔票（「札」（さつ）的美化語）

例 硬貨（こうか）が　ないので、お札（さつ）でも　いいですか。
由於沒有硬幣，用鈔票也可以嗎？

延 お金（かね）　錢

社長（しゃちょう）は　お札（さつ）を　数（かぞ）えて　います。
社長正數著鈔票。

□ **お釣り**（つ）

找回的錢

例 １８円（じゅうはちえん）の　お釣り（つ）です。
找您18日圓。

お釣り（つ）を　財布（さいふ）の　中（なか）に　入（い）れます。
把找回的錢放進錢包裡。

□ **赤ちゃん**（あか）

嬰兒、小寶寶

例 弟（おとうと）の　赤（あか）ちゃんは　可愛（かわい）いです。
弟弟的小寶寶很可愛。

似 赤（あか）ん坊（ぼう）　嬰兒、幼稚
　ベビー　嬰兒

どこかで　赤（あか）ちゃんが　泣（な）いて　いるようです。
好像哪裡有嬰兒正在哭。

□ **平仮名**（ひらがな）

平假名

例 平仮名（ひらがな）は　ぜんぶ　読（よ）めます。
平假名全部都會唸。

延 仮名（かな）　假名
　片仮名（かたかな）　片假名
　漢字（かんじ）　漢字

平仮名（ひらがな）の　書（か）き方（かた）を　練習（れんしゅう）して　います。
正在練習平假名的寫法。

□ **昼寝**（ひるね） 午睡

例 昼寝（ひるね）は 体（からだ）に いいです。
午睡對身體很好。

この学校（がっこう）では 昼寝（ひるね）を しなければ なりません。
這個學校非午睡不可。

□ **遠く**（とお） 遠處、遠方

例 どこか 遠く（とお）に 行（い）きたいです。
想去某個遙遠的地方。

反 近く（ちか）附近
付近（ふきん）附近

遠（とお）くから 変（へん）な 音（おと）が しませんか。
不覺得遠處傳來奇怪的聲音嗎？

□ **昼間**（ひるま） 白天

例 掃除（そうじ）は 昼間（ひるま） すべて 済（す）ませます。
打掃要在白天全部完成。

似 昼（ひる）白天

昼間（ひるま）は ほとんど 家（いえ）に いません。
白天幾乎都不在家。

□ **八百屋**（やおや） 蔬果店

例 近所（きんじょ）の 八百屋（やおや）で 野菜（やさい）を 買（か）います。
在附近的蔬果店買蔬菜。

延 果物（くだもの）水果

この八百屋（やおや）では 味噌（みそ）や 米（こめ）も 売（う）って います。
這家蔬果店也有賣味噌或米。

實力測驗！

問題 1. ＿＿＿＿＿＿　の　ことばは　どう　よみますか。1・2・3・4から
いちばん　いい　ものを　ひとつ　えらんで　ください。

1. （　　）妹の　おなかには　赤ちゃんが　います。
　　①おか　　　　②あか　　　　③あお　　　　④あい

2. （　　）これは　かいものの　お釣りです。
　　①おつり　　　②おかり　　　③おわり　　　④おらり

3. （　　）昼寝の　じかんは　30分くらいです。
　　①ちゅうしん　②ちゅうね　③ひるしん　④ひるね

問題 2. ＿＿＿＿＿＿　の　ことばは　どう　かきますか。1・2・3・4から
いちばん　いい　ものを　ひとつ　えらんで　ください。

1. （　　）でかける　前、ねつが　すこし　ありました。
　　①金　　　　　②熱　　　　　③糸　　　　　④怪

2. （　　）オートバイの　ぐあいが　わるいです。
　　①具相　　　　②具合　　　　③状況　　　　④状態

3. （　　）ひるまは　ずっと　家に　います。
　　①昼中　　　　②昼間　　　　③昼時　　　　④昼期

問題 3. （　　　　）に　ふさわしい　ものは　どれですか。1・2・3・4
から　いちばん　いい　ものを　ひとつ　えらんで　ください。

1. むすめの　（　　　　）は　中学校の　せんせいだそうです。
　　①かれ　　　　②かれら　　　③きみ　　　　④かない

2. わたしは　まじめな　（　　　　）が　好きです。

　　①ひるま　　　　　②きもち　　　　　③けいさつ　　　　④だんせい

3. （　　　　）の　やさいは　しんせんです。

　　①せなか　　　　　②しみん　　　　　③やおや　　　　　④とこや

問題 4. つぎの　ことばの　つかいかたで　いちばん　いい　ものを　1・2・3・4から　ひとつ　えらんで　ください。

1. むかし

　　①むかしまで　がんばりましょう。

　　②むかし　このへんは　うみだったそうです。

　　③むかしは　アナウンサーに　なりたいです。

　　④むかし　いっしょに　しょくじを　しましょう。

2. ごみ

　　①すいようびは　もえるごみの　日です。

　　②きょうとで　ごみを　かいました。

　　③あねは　わたしと　おなじ　ごみに　かよって　います。

　　④ごみには　いろいろな　どうぶつが　います。

3. じこ

　　①あなたの　じこは　どこですか。

　　②あねが　りこんしたじこは　分かりません。

　　③オートバイで　じこに　あいました。

　　④あめの　じこは　ちゅうしだそうです。

☐ **学校**
<ruby>学校<rt>がっこう</rt></ruby>

學校

例 <ruby>娘<rt>むすめ</rt></ruby>は <ruby>学校<rt>がっこう</rt></ruby>の <ruby>先生<rt>せんせい</rt></ruby>です。
女兒是學校的老師。

<ruby>学校<rt>がっこう</rt></ruby>で <ruby>お菓子<rt>かし</rt></ruby>を <ruby>食<rt>た</rt></ruby>べては いけません。
在學校不可以吃零食。

延 <ruby>生徒<rt>せいと</rt></ruby>（特指國中、高中的）學生
<ruby>学生<rt>がくせい</rt></ruby> 學生

☐ **教育**
<ruby>教育<rt>きょういく</rt></ruby>

教育

例 <ruby>大学<rt>だいがく</rt></ruby>で <ruby>教育<rt>きょういく</rt></ruby>に ついて <ruby>学<rt>まな</rt></ruby>んで います。
正在大學學習有關教育。

<ruby>子供<rt>こども</rt></ruby>の <ruby>教育<rt>きょういく</rt></ruby>は <ruby>簡単<rt>かんたん</rt></ruby>では ありません。
小孩的教育不簡單。

☐ **幼稚園**
<ruby>幼稚園<rt>ようちえん</rt></ruby>

幼稚園

例 <ruby>息子<rt>むすこ</rt></ruby>は <ruby>風邪<rt>かぜ</rt></ruby>で <ruby>幼稚園<rt>ようちえん</rt></ruby>を <ruby>休<rt>やす</rt></ruby>みました。
兒子因為感冒跟幼稚園請假了。

<ruby>将来<rt>しょうらい</rt></ruby>は <ruby>幼稚園<rt>ようちえん</rt></ruby>の <ruby>先生<rt>せんせい</rt></ruby>に なりたいです。
將來想成為幼稚園的老師。

延 <ruby>幼児<rt>ようじ</rt></ruby> 幼兒
<ruby>幼<rt>おさな</rt></ruby>い 幼小的、年幼的

☐ **小学校**
<ruby>小学校<rt>しょうがっこう</rt></ruby>

小學

例 <ruby>小学校<rt>しょうがっこう</rt></ruby>で イベントが あります。
在小學有活動。

<ruby>家<rt>いえ</rt></ruby>から <ruby>小学校<rt>しょうがっこう</rt></ruby>まで <ruby>10分<rt>じゅっぷん</rt></ruby>くらいです。
從家裡到小學10分鐘左右。

□ **中学校**（ちゅうがっこう）　　　　　　　　　　　　國中

例　弟（おとうと）は　中学校（ちゅうがっこう）に　通（かよ）って　います。
弟弟上國中。

あなたの　中学校（ちゅうがっこう）は　どこですか。
你的國中在哪裡呢？

□ **高校**（こうこう）　　　　　　　　　　　　高中

例　この高校（こうこう）は　とても　有名（ゆうめい）です。
這所高中非常有名。

高校（こうこう）を　卒業（そつぎょう）したら、働（はたら）くつもりです。
打算高中畢業後就工作。

□ **大学**（だいがく）　　　　　　　　　　　　大學

例　いい　大学（だいがく）に　入（はい）りたいです。
想進好的大學。

延　**大学院**（だいがくいん）　研究所

バイトを　しながら、大学（だいがく）に　通（かよ）って　います。
一邊打工，一邊讀大學。

□ **先輩**（せんぱい）　　　　　　　　　　　　前輩、學長姊

例　テニス部（ぶ）の　先輩（せんぱい）は　とても　厳（きび）しいです。
網球社團的學長姊非常嚴格。

反　**後輩**（こうはい）　後輩、晚輩、學弟妹
延　**関係**（かんけい）　關係

佐藤先輩（さとうせんぱい）を　尊敬（そんけい）して　います。
尊敬佐藤前輩。

□ **後輩**（こうはい）

後輩たちは　みんな　可愛（かわい）いです。
學弟妹們大家都很可愛。

先輩（せんぱい）は　後輩（こうはい）を　いじめます。
前輩欺負後輩。

後輩、晚輩、
學弟妹

反 **先輩**（せんぱい）前輩、學長姊
延 **部活**（ぶかつ）社團活動

□ **小学生**（しょうがくせい）

娘（むすめ）は　来年（らいねん）から　小学生（しょうがくせい）です。
女兒從明年開始是小學生。

あの子（こ）は　まだ　小学生（しょうがくせい）だそうです。
聽説那個孩子還是小學生。

小學生

延 **児童**（じどう）兒童

□ **中学生**（ちゅうがくせい）

彼女（かのじょ）は　中学生（ちゅうがくせい）だと　思（おも）います。
我覺得她是國中生。

中学生（ちゅうがくせい）の　アルバイトは　禁止（きんし）です。
國中生禁止打工。

國中生

□ **高校生**（こうこうせい）

高校生（こうこうせい）だから、アルコールは　だめです。
因為是高中生，所以不可以喝酒。

高校生（こうこうせい）の　時（とき）に　アメリカへ　行（い）きました。
讀高中的時候去了美國。

高中生

□ 大学生

大學生

囫 もうすぐ　大学生に　なります。
馬上就是大學生了。

彼らは　みんな　大学生だそうです。
據説他們大家都是大學生。

□ 校長

校長

囫 父は　高校の　校長です。
父親是高中的校長。

ここは　校長の　部屋です。
這裡是校長的房間。

似 校長先生　校長（尊稱）

延 校長室　校長室

□ 数学

數學

囫 わたしは　数学が　苦手です。
我對數學不在行。

明日、数学の　テストが　あります。
明天，有數學的考試。

延 算数　算數
　　数字　數字
　　計算　計算

□ 科学

科學

囫 息子は　科学に　興味が　あるようです。
兒子好像對科學有興趣。

将来、科学の　道に　進みたいです。
將來，想往科學之路前進。

□ 医学
いがく

醫學

例 医学は どんどん 発展して います。
いがく　　　　　　　　　　はってん
醫學不斷發展著。

この国の 医学は 進んで います。
　くに　　　　いがく　　　すす
這個國家的醫學很先進。

延 医療 醫療
　いりょう

□ 社会
しゃかい

社會

例 社会の 授業は つまらないです。
しゃかい　じゅぎょう
社會課很無聊。

社会の 一員と して、規則を 守るべきです。
しゃかい　いちいん　　　　きそく　　まも
身為社會的一員，應遵守規則。

□ 政治
せいじ

政治

例 国民は 政治への 関心が 高いです。
こくみん　せいじ　　　かんしん　たか
國民對政治高度關心。

政治の 世界には 興味が ありません。
せいじ　せかい　　きょうみ
對政治的世界沒興趣。

延 政治家 政治家
　せいじか
選挙 選舉
せんきょ
投票 投票
とうひょう

□ 経済
けいざい

經濟

例 この国の 経済は 悪化して います。
　くに　　けいざい　あっか
這個國家的經濟惡化中。

わたしの 専門は 経済です。
　　　せんもん　けいざい
我的專攻是經濟。

延 経営 經營
　けいえい
金融 金融
きんゆう

□ **地理**（ち　り）　　　　　　　　　　　地理

例 この辺の　地理は　詳しくありません。　　延 土地（と　ち）土地
不熟悉這附近的地理環境。
中学校で　地理を　教えて　います。
在國中教著地理。

□ **歴史**（れき　し）　　　　　　　　　　歴史

例 歴史から　学ぶことは　多いです。　　　延 英雄（えいゆう）英雄
從歷史學習的事情很多。　　　　　　　　　　　武士（ぶ　し）武士
歴史の　本を　読むことが　好きです。
喜歡讀歷史的書。

□ **法律**（ほう　りつ）　　　　　　　　　法律

例 法律は　守らなければ　なりません。　　延 規則（き　そく）規則
法律非遵守不可。　　　　　　　　　　　　　　決まり（き）規定、規則、
法律には　従うべきです。　　　　　　　　　　　　　　　　　規章
應遵從法律。　　　　　　　　　　　　　　　　ルール 規則、章程

□ **西洋**（せい　よう）　　　　　　　　　西洋、歐美

例 西洋の　文学は　おもしろいです。　　　反 東洋（とうよう）東洋、亞洲
西洋文學很有趣。
子供は　西洋の　料理を　食べたがります。
小孩想吃歐美的料理。

實力測驗！

問題 1. ＿＿＿＿の ことばは どう よみますか。1・2・3・4から
いちばん いい ものを ひとつ えらんで ください。

1. （　）科学の じゅぎょうは 役に 立ちます。
　　①いがく　　　②かがく　　　③くがく　　　④ぶがく

2. （　）わたしは アメリカで 経済を 学びました。
　　①きょうざい　②けいざい　③きょうさい　④けいさい

3. （　）ことしの 春、社会に 出ます。
　　①ちゃかい　　②ちゃがい　　③しゃかい　　④しゃがい

問題 2. ＿＿＿＿の ことばは どう かきますか。1・2・3・4から
いちばん いい ものを ひとつ えらんで ください。

1. （　）娘は ようちえんの せんせいに なりたいそうです。
　　①児童院　　　②児童園　　　③幼稚院　　　④幼稚園

2. （　）わたしは せいじに かんしんが ありません。
　　①政治　　　②用事　　　③制治　　　④国事

3. （　）れきしから まなぶことは 多いです。
　　①地理　　　②文化　　　③経験　　　④歴史

問題 3. （　　　）に ふさわしい ものは どれですか。1・2・3・4
から いちばん いい ものを ひとつ えらんで ください。

1. （　　　）は はなしが とても じょうずです。
　　①せいよう　　②ほうりつ　　③こうちょう　　④きょういく

2. かのじょは　（　　　　）に　いじめられて　います。

　　①ひらがな　　　　②だいがく　　　　③せんぱい　　　　④ほうそう

3. わたしは　いもうとに　（　　　　）を　おしえます。

　　①すいどう　　　　②すうがく　　　　③りゅうがく　　　　④けいさつ

問題 4. つぎの　ことばの　つかいかたで　いちばん　いい　ものを　1・2・3・4から　ひとつ　えらんで　ください。

1. ちり

　　①ちりは　もう　きて　いるはずです。

　　②このごろの　ちりは　あたまが　いいです。

　　③ちりを　のんだから、だいぶ　よく　なりました。

　　④このへんの　ちりは　くわしいですか。

2. せいよう

　　①わたしの　せいようは　せいじと　けいざいです。

　　②せいようの　ぶんがくに　きょうみが　あります。

　　③あめの　ばあいは　ちゅうしか　せいようだそうです。

　　④せいようが　すんだら、帰りましょう。

3. いがく

　　①げんだいの　いがくは　非常に　すすんで　います。

　　②このまちの　いがくは　やさいと　くだものです。

　　③りょうしんは　わたしの　いがくに　はんたいです。

　　④いがくは　だんだん　まもらなければ　なりません。

□ **文学**
ぶん がく

文學

例 文学の　授業は　とても　楽しいです。
ぶんがく　　　じゅぎょう　　　　　　　　たの
文學課非常開心。

延 **小説**　小説
しょうせつ

作家　作家
さっか

大学で　文学を　教えて　います。
だいがく　　ぶんがく　　おし
在大學教著文學。

物語　故事
ものがたり

□ **技術**
ぎ じゅつ

技術

例 まだ　技術が　足りないようです。
ぎじゅつ　　た
技術好像還不夠。

この国には　すばらしい　技術が　あります。
くに　　　　　　　　　　　　　ぎじゅつ
這個國家有卓越的技術。

□ **講義**
こう ぎ

上課、講課、授課

例 朝の　講義に　遅刻して　しまいました。
あさ　こうぎ　　ちこく
早上的上課遲到了。

延 **講演**　演講
こうえん

授業　授課、教課
じゅぎょう

あの先生の　講義は　おもしろいです。
せんせい　　こうぎ
那位老師的上課很有趣。

スピーチ　談話、演
説、致詞

□ **工業**
こう ぎょう

工業

例 父は　大学で　工業を　学びました。
ちち　　だいがく　　こうぎょう　　まな
父親在大學學了工業。

ここの　主な　工業は　何ですか。
おも　　こうぎょう　　なん
這裡主要的工業是什麼呢？

□ **産業**
さんぎょう

産業

例 大学の 専門は 経済と 産業でした。
だいがく　　せんもん　　けいざい　　さんぎょう

大學的專攻是經濟和產業。

産業問題に ついて 話し合います。
さんぎょうもんだい　　　　　　　はな　あ

就產業問題做討論。

□ **下宿**
げ しゅく

含食宿的租屋

例 下宿の おばさんは 優しいです。
げ しゅく　　　　　　　　やさ

租屋處的阿姨很溫柔。

ここの 下宿の 家賃は いくらですか。
げ しゅく　　や ちん

這裡含食宿租屋的房租多少錢呢？

延 宿 住處、下榻處、
やど　　旅館
寮 宿舍
りょう

□ **国際**
こく さい

國際

例 国際結婚は 難しいです。
こくさいけっこん　　むずか

國際結婚很困難。

国際交流は 大切だと 思います。
こくさいこうりゅう　　たいせつ　　おも

我覺得國際交流很重要。

延 世界 世界
せ かい
地球 地球
ち きゅう

□ **貿易**
ぼう えき

貿易

例 学校で 貿易を 学びたいです。
がっこう　　ぼうえき　　まな

想在學校學習貿易。

父は 貿易の 仕事を して います。
ちち　　ぼうえき　　しごと

父親從事貿易的工作。

□ **研究** けんきゅう 研究

例 教授の 研究テーマは 何ですか。
きょうじゅ けんきゅう なん

教授的研究主題是什麼呢？

この研究は 時間が かかりそうです。
けんきゅう じかん

這個研究看來很花時間。

延 **論文** ろんぶん 論文
実験 じっけん 實驗

□ **研究室** けんきゅうしつ 研究室

例 ここは 川田教授の 研究室です。
かわだきょうじゅ けんきゅうしつ

這裡是川田教授的研究室。

先生の 研究室に 資料を 届けます。
せんせい けんきゅうしつ しりょう とど

把資料送到老師的研究室。

□ **運動** うんどう 運動

例 たまには 運動を したほうが いいです。
うんどう

偶爾運動比較好。

運動は 健康に 欠かせません。
うんどう けんこう か

運動對健康不可或缺。

似 **スポーツ** 體育、運動
延 **体育** たいいく 體育

□ **会話** かいわ 會話、交談

例 外国人と 会話の 練習を します。
がいこくじん かいわ れんしゅう

和外國人練習會話。

人と 会話を するのが 苦手です。
ひと かいわ にがて

不擅長和人交談。

似 **対話** たいわ 對話、交談
延 **話します** はな 説、談

□ **昼休み**　<ruby>昼<rt>ひる</rt></ruby><ruby>休<rt>やす</rt></ruby>み

午休

例 もうすぐ　<ruby>昼<rt>ひる</rt></ruby><ruby>休<rt>やす</rt></ruby>みです。
快要午休了。

延 **<ruby>休<rt>きゅう</rt></ruby><ruby>憩<rt>けい</rt></ruby>** 休憩、休息

<ruby>昼<rt>ひる</rt></ruby><ruby>休<rt>やす</rt></ruby>みに　<ruby>同<rt>どう</rt></ruby><ruby>僚<rt>りょう</rt></ruby>と　ご<ruby>飯<rt>はん</rt></ruby>を　<ruby>食<rt>た</rt></ruby>べます。
午休時會和同事吃飯。

□ **忘れ物**　<ruby>忘<rt>わす</rt></ruby>れ<ruby>物<rt>もの</rt></ruby>

忘了帶、忘了拿、
遺失物

例 <ruby>最<rt>さい</rt></ruby><ruby>近<rt>きん</rt></ruby>、<ruby>忘<rt>わす</rt></ruby>れ<ruby>物<rt>もの</rt></ruby>が　<ruby>多<rt>おお</rt></ruby>く　なりました。
最近，忘記東西的次數變多了。

延 **<ruby>落<rt>お</rt></ruby>とし<ruby>物<rt>もの</rt></ruby>** 失物

<ruby>忘<rt>わす</rt></ruby>れ<ruby>物<rt>もの</rt></ruby>を　<ruby>取<rt>と</rt></ruby>りに　<ruby>帰<rt>かえ</rt></ruby>ります。
要回家去拿忘記的東西。

□ **辞典**　<ruby>辞<rt>じ</rt></ruby><ruby>典<rt>てん</rt></ruby>

辭典

例 <ruby>辞<rt>じ</rt></ruby><ruby>典<rt>てん</rt></ruby>で　<ruby>意<rt>い</rt></ruby><ruby>味<rt>み</rt></ruby>を　<ruby>調<rt>しら</rt></ruby>べます。
用辭典查意思。

似 **<ruby>字<rt>じ</rt></ruby><ruby>典<rt>てん</rt></ruby>** 字典
<ruby>辞<rt>じ</rt></ruby><ruby>書<rt>しょ</rt></ruby> 辭典

となりの　<ruby>人<rt>ひと</rt></ruby>に　<ruby>辞<rt>じ</rt></ruby><ruby>典<rt>てん</rt></ruby>を　<ruby>借<rt>か</rt></ruby>ります。
跟隔壁的人借辭典。

□ **字**　<ruby>字<rt>じ</rt></ruby>

字、文字、字跡

例 <ruby>祖<rt>そ</rt></ruby><ruby>母<rt>ぼ</rt></ruby>は　<ruby>新<rt>しん</rt></ruby><ruby>聞<rt>ぶん</rt></ruby>の　<ruby>字<rt>じ</rt></ruby>が　<ruby>見<rt>み</rt></ruby>えないそうです。
聽説祖母看不到報紙的字。

似 **<ruby>文<rt>も</rt></ruby><ruby>字<rt>じ</rt></ruby>** 文字

<ruby>字<rt>じ</rt></ruby>が　とても　<ruby>上<rt>じょう</rt></ruby><ruby>手<rt>ず</rt></ruby>です。
字寫得非常漂亮。

□ **発音** （はつおん）　　　　　　　　　　　　發音

例　ロシア語の　発音は　難しいです。
俄語的發音很難。

アメリカ人と　イギリス人の　発音は　ちがいます。
美國人和英國人的發音不同。

□ **文法** （ぶんぽう）　　　　　　　　　　　　文法、語法

例　文法が　なかなか　覚えられません。
文法怎麼都記不住。

やはり　文法は　大切です。
文法還是很重要。

□ **試合** （しあい）　　　　　　　　　　　（運動的）比賽

例　明日は　テニスの　試合です。
明天是網球的比賽。

似　大会（たいかい）　大會
反　練習（れんしゅう）　練習

次の　試合は　かならず　勝ちます。
下次的比賽一定要贏。

□ **予習** （よしゅう）　　　　　　　　　　　　預習

例　予習を　したほうが　いいです。
預習比較好。

反　復習（ふくしゅう）　複習

授業の　前に　予習を　済ませます。
上課之前預習完畢。

□ **復習** (ふくしゅう)　　　　　　　　　　複習

例 今、数学の　復習を　して　います。　　反 予習 預習
現在，正在做數學的複習。

授業の　復習は　とても　大事です。
上課的複習非常重要。

□ **試験** (しけん)　　　　　　　　　　試驗、考試

例 来週、試験が　あります。　　　　似 テスト 考試
下個禮拜有考試。　　　　　　　　　延 受験 應考

試験の　前は　緊張します。
考試之前很緊張。

□ **問題** (もんだい)　　　　　　　　　　問題

例 問題を　よく　聞いて　ください。　延 質問 疑問、問題
請好好聆聽問題。

何か　問題は　ありますか。
有什麼問題嗎？

□ **答え** (こたえ)　　　　　　　　　　回答、反應、答案

例 答えは　分かりましたか。　　　　似 解答 解答
答案知道了嗎？

答えを　一つ　選んで　ください。
請選擇一個答案。

實力測驗！

問題 1. ＿＿＿＿ の ことばは どう よみますか。1・2・3・4から いちばん いい ものを ひとつ えらんで ください。

1. （ ） がっこうで <u>貿易</u>に ついて まなんで います。
　　　①ぼうえき　　②けいざい　　③こくさい　　④ほうりつ

2. （ ） 上司に <u>産業</u>の ことを 教えて もらいます。
　　　①さんじょう　②こうじょう　③さんぎょう　④こうぎょう

3. （ ） むすこは <u>忘れ物</u>が おおすぎます。
　　　①わすれぶつ　②ほうれぶつ　③わすれもの　④ほうれもの

問題 2. ＿＿＿＿ の ことばは どう かきますか。1・2・3・4から いちばん いい ものを ひとつ えらんで ください。

1. （ ） 大学時代、きょうとに <u>げしゅく</u>を して いました。
　　　①住泊　　　　②住宿　　　　③下泊　　　　④下宿

2. （ ） せんぱいから <u>ぎじゅつ</u>を 教わりました。
　　　①武術　　　　②技術　　　　③手術　　　　④話術

3. （ ） <u>うんどう</u>の あと、シャワーを あびます。
　　　①運動　　　　②行動　　　　③練習　　　　④復習

問題 3. （　　　　） に ふさわしい ものは どれですか。1・2・3・4 から いちばん いい ものを ひとつ えらんで ください。

1. このあと （　　　　） の じゅぎょうが あります。
　　①たいふう　　②ぶんがく　　③すいどう　　④どろぼう

2. むすめは　2さいなので、（　　　　）が　よめません。
　　①だ　　　　　　　②じ　　　　　　　③が　　　　　　　④ざ

3. がいこくじんと　（　　　　）の　れんしゅうを　します。
　　①こうぎ　　　　②かいわ　　　　③きぶん　　　　④やおや

問題4. つぎ　の　ことばの　つかいかたで　いちばん　いい　ものを
　　　　1・2・3・4から　ひとつ　えらんで　ください。

1. ぶんぽう
　　①にほんごの　ぶんぽうが　わかるように　なりました。
　　②ははは　わたしの　ぶんぽうに　はんたいです。
　　③つかいかたの　ぶんぽうを　よみます。
　　④すいようびは　ぶんぽうを　たべる日です。

2. こうぎ
　　①わたしの　せんもんは　けいざいと　こうぎです。
　　②あのせんせいの　こうぎは　とても　にんきが　あります。
　　③こうぎの　しけんで　100てんを　とりました。
　　④テニスの　こうぎで　ゆうしょうしました。

3. しあい
　　①スーツケースに　しあいを　いれて　おきます。
　　②ねるまえに　しあいを　して　おきました。
　　③あめが　ふっても、しあいは　ちゅうししません。
　　④びょういんへ　ともだちの　しあいに　いきました。

□ **道具**　<small>どう ぐ</small>　　　　　　　　　器具、工具、道具

例 どんな　道具を　使いますか。
　　<small>どう く　　　つか</small>
使用什麼樣的工具呢？
必要な　道具を　準備します。
<small>ひつよう　　　どう く　　　じゅん び</small>
準備必要的工具。

□ **文化**　<small>ぶん か</small>　　　　　　　　　文明、文化

例 日本の　文化に　興味が　あります。
　<small>に ほん　　ぶん か　　きょう み</small>
對日本的文化有興趣。
自分の　国の　文化を　大切に　したいです。
<small>じ ぶん　　くに　　ぶん か　　たいせつ</small>
想珍惜自己國家的文化。

□ **仕方**　<small>し かた</small>　　　　　　　　　做法、方法、辦法

例 運転の　仕方を　習います。　　　似 **方法** 方法
　<small>うんてん　　し かた　　なら</small>　　　　　　　<small>ほうほう</small>
學習開車的方法。
母から　料理の　仕方を　教わりました。
<small>はは　　　りょう り　　し かた　　おそ</small>
跟媽媽學習做菜的方法。

□ **意見**　<small>い けん</small>　　　　　　　　　意見、見解

例 意見が　ちっとも　合いません。　　延 **考え方** 想法
　<small>い けん　　　　　　あ</small>　　　　　　　　<small>かんが かた</small>
意見一點都不合。
彼の　意見には　反対です。
<small>かれ　　い けん　　　はんたい</small>
反對他的意見。

□ **説明**　<small>せつめい</small>

説明、解釋

例 あの先生の　説明は　分かりにくいです。
<small>せんせい　　　　せつめい　　　　　　　わ</small>
那位老師的説明很難懂。

使い方の　説明を　読みます。
<small>つか　かた　　　せつめい　　　よ</small>
閱讀使用方法的説明。

□ **米**　<small>こめ</small>

米

例 日本の　米は　おいしいです。
<small>に ほん　　こめ</small>
日本的米很好吃。

延 ご飯 飯
<small>はん</small>
　 麺 麺
<small>めん</small>

米や　パンは　食べすぎないほうが　いいです。
<small>こめ　　　　　　た</small>
米或麵包不要吃太多比較好。

□ **味噌**　<small>み そ</small>

味噌

例 祖母は　自分で　味噌を　作って　います。
<small>そ ぼ　　　じ ぶん　　み そ　　　つく</small>
祖母都自己做味噌。

延 味噌汁 味噌湯
<small>み そ しる</small>

味噌や　豆腐は　大豆から　作られます。
<small>み そ　　とう ふ　　だい ず　　　つく</small>
味噌或豆腐是由大豆製作而成的。

□ **塩**　<small>しお</small>

鹽、鹹度

例 最後に　塩を　入れて　ください。
<small>さい ご　　しお　　はい</small>
最後請加鹽。

延 砂糖 糖
<small>さ とう</small>
　 胡椒 胡椒
<small>こ しょう</small>

塩が　足りないと　思います。
<small>しお　　た　　　　　おも</small>
我覺得鹹度不夠。

□ **醤油** (しょうゆ)　　　　　　　　　　　醬油

例 醤油は　生活に　欠かせません。
醬油對生活不可或缺。

醤油で　刺身を　食べます。
蘸醬油吃生魚片。

□ **食料品** (しょくりょうひん)　　　　　　食品

例 台風の　前に　食料品を　買います。
颱風之前會買食品。

トランクケースに　食料品を　入れましょう。
把食品放進行李箱吧！

□ **食べ物** (たべもの)　　　　　　　　　食物、食品、吃的
　　　　　　　　　　　　　　　　　　　東西

例 何か　食べ物が　ありませんか。
有什麼吃的東西嗎？

どんな　食べ物が　好きですか。
喜歡什麼樣的食物呢？

延 飲み物 (のみもの) 飲料

□ **飲み物** (のみもの)　　　　　　　　　飲料

例 飲み物を　持って　行きましょう。
帶飲料去吧！

温かい　飲み物が　ほしいです。
想要溫熱的飲料。

似 ドリンク 飲料
延 食べ物 (たべもの) 食物、食品、
　　　　　　　　吃的東西
　　お茶 (ちゃ) 茶
　　コーヒー 咖啡

□ ごちそう

酒席、佳餚、款待

例 パーティーのような　ごちそうです。
宴會般的佳餚。

このごちそうは　みんなで　準備(じゅんび)しました。
這道佳餚是大家一起準備的。

□ 葡萄(ぶどう)

葡萄

例 うちの　家族(かぞく)は　みんな　葡萄(ぶどう)が　好(す)きです。
我的家人大家都喜歡葡萄。

延 果物(くだもの)　水果

葡萄(ぶどう)を　潰(つぶ)して　ジャムを　作(つく)りましょう。
把葡萄搗碎做果醬吧！

□ 味(あじ)

味道、滋味

例 風邪(かぜ)の　せいで　味(あじ)が　分(わ)かりません。
因為感冒，嚐不出味道。

延 味覚(みかく)　味覺
調味料(ちょうみりょう)　調味料

これは　懐(なつ)かしい　味(あじ)が　します。
這個有懷念的滋味。

□ 匂(にお)い

氣味、香味

例 変(へん)な　匂(にお)いが　しませんか。
不覺得有奇怪的味道嗎？

延 香(かお)り　芳香、香氣
香水(こうすい)　香水

この匂(にお)いは　きっと　ステーキです。
這個味道一定是牛排。

□ **音**　_{おと}　　　　　　　　　　　　　（物品的）聲音

例 テレビの　音を　小さくして　ください。
請把電視的聲音關小。

延 **音楽** 音樂
　　ラジオ 收音機

できるだけ　音を　出さないように　します。
盡可能不發出聲音。

□ **贈物**　_{おくりもの}　　　　　　　　　禮物、禮品、贈品、獻禮

例 これは　母の　日の　贈物です。
這是母親節的禮物。

似 **プレゼント** 禮物、贈品

海外から　贈物が　届きました。
國外來的禮物送到了。

□ **お土産**　_{みやげ}　　　　　　　　　　土產、禮物

例 これは　北海道の　お土産です。
這是北海道的土產。

延 **手土産** 伴手禮

家族に　お土産を　買います。
要買禮物給家人。

□ **お祝い**　_{いわ}　　　　　　　　　　　祝賀、賀禮

例 お祝いの　言葉を　送ります。
發送祝賀的話語。

延 **祝福** 祝福

友だちが　お祝いの　メールを　くれました。
朋友捎來了祝賀的電子郵件。

□ **お見舞い**

探望、慰問、問候
信、問候禮

例 先生の　お見舞いに　行きました。
去探望老師了。

お見舞いの　手紙を　書きましょう。
寫問候的信吧！

□ **お礼**

感謝、謝意、回
禮、酬謝

例 夫に　代わって　お礼を　します。
代夫致謝。

お礼に　何か　ごちそうさせて　ください。
為表謝意，請讓我請吃頓什麼。

□ **値段**

價格、價錢

例 これの　値段は　いくらですか。
這個的價錢是多少呢？

値段が　分からないと　買えません。
不知道價錢的話沒辦法買。

似 価格 價格
料金 費用

□ **品物**

物品、東西、商品

例 品物の　重さを　計って　もらいます。
請人幫忙秤物品的重量。

人気の　品物は　すぐに　なくなります。
受歡迎的商品很快就沒了。

實力測驗！

問題 1. ＿＿＿＿の　ことばは　どう　よみますか。1・2・3・4から
いちばん　いい　ものを　ひとつ　えらんで　ください。

1. （　　） 味が　ちょっと　こいですね。
    ①あじ　　　　②おじ　　　　③かじ　　　　④さじ

2. （　　） 週末、スーパーで　食料品を　たくさん　かいました。
    ①しょくりゅうじな　　　　②しょくりょうじな
    ③しょくりゅうひん　　　　④しょくりょうひん

3. （　　） にほんの　米は　やはり　おいしいです。
    ①こめ　　　　②かみ　　　　③まい　　　　④みい

問題 2. ＿＿＿＿の　ことばは　どう　かきますか。1・2・3・4から
いちばん　いい　ものを　ひとつ　えらんで　ください。

1. （　　） ワインは　ぶどうから　つくるそうです。
    ①葡萄　　　　②萄葡　　　　③果実　　　　④実果

2. （　　） わたしは　みそを　つくったことが　あります。
    ①醤油　　　　②砂糖　　　　③味噌　　　　④味醂

3. （　　） ははの　日の　おくりものは　なにが　いいと　思いますか。
    ①贈物　　　　②土産　　　　③贈答　　　　④祝物

問題3.（　　　　）に　ふさわしい　ものは　どれですか。1・2・3・4
　　　　から　いちばん　いい　ものを　ひとつ　えらんで　ください。

1. こんや、むすめが　ごうかくした（　　　　）を　します。
　　①ごぞんじ　　　　②おいわい　　　　③ごりやく　　　　④おそうじ

2. どこからか　おいしそうな　（　　　　）が　します。
　　①いけん　　　　　②におい　　　　　③しかた　　　　　④ぶんか

3. りょこうさきで　つまに　（　　　　）を　かいました。
　　①おかげ　　　　　②おれい　　　　　③おまつり　　　　④おみやげ

問題4.つぎの　ことばの　つかいかたで　いちばん　いい　ものを　1・
　　　　2・3・4から　ひとつ　えらんで　ください。

1. せつめい
　　①がっこうの　せつめいは　まもるべきです。
　　②せんせいに　かんしゃの　せつめいを　いいました。
　　③テストで　いい　せつめいを　とりたいです。
　　④わかるように　きちんと　せつめいを　して　ください。

2. しかた
　　①しかたが　たかいので、かえません。
　　②できなくても　しかたが　ないと　思います。
　　③ぜったいに　しかたを　ついては　いけません。
　　④ちいさいころから　しかたを　ならって　います。

3. ごちそう
　　①りょうしんは　ふたりとも　ごちそうの　先生です。
　　②パーティーで　ごちそうを　いっぱい　たべました。
　　③おとうとに　ごちそうを　こわされました。
　　④くにの　ごちそうは　まもらなければ　いけません。

□ **小説**　しょうせつ

小説

（例）いつか　小説を　書きたいです。
總有一天想寫小説。

この小説は　とても　長いです。
這本小説非常長。

延　**物語** ものがたり　故事

□ **規則**　きそく

規則、規章、規範

（例）会社の　規則を　忘れないで　ください。
請不要忘記公司的規範。

規則は　守らなければ　なりません。
規章非遵守不可。

似　**原則** げんそく　原則

　　決まり　決定、規定、
　　き　　　　　規則、規章

　　ルール　規則

□ **専門**　せんもん

專門、專業

（例）それは　わたしの　専門では　ありません。
那不是我的專業。

専門の　医者に　見て　もらったほうが　いいです。
找專門的醫生幫忙看比較好。

延　**専門家** せんもんか　專家

　　プロ　職業的

□ **田舎**　いなか

鄉下、老家

（例）田舎の　生活は　べつに　不便では　ありません。
鄉下的生活沒有特別不方便。

そろそろ　田舎で　暮らそうと　思います。
打算差不多要在鄉下生活了。

反　**都会** とかい　都會、都市

□ **都会**（と かい）　　　　　　　　　　　都會、都市

例 都会（と かい）の　生活（せいかつ）に　疲（つか）れました。　　　　　反 田舎（いなか） 郷下、老家
對都會的生活疲倦了。

都会（と かい）の　空気（くう き）は　汚（よご）れて　います。
都市的空氣很髒。

□ **世界**（せ かい）　　　　　　　　　　　世界

例 世界（せ かい）で　いちばん　あなたが　好（す）きです。　　　　延 地球（ち きゅう） 地球
全世界最喜歡你。　　　　　　　　　　　　　　　　　　　　　国（くに） 國、國家、故鄉

わたしの　夢（ゆめ）は　世界（せ かい）を　一周（いっしゅう）することです。
我的夢想是環遊世界一周。

□ **隅**（すみ）　　　　　　　　　　　　　角落、隅

例 ごみ箱（ばこ）は　教室（きょうしつ）の　隅（すみ）に　あります。
垃圾桶在教室的角落。

隅（すみ）の　ほうまで　探（さが）して　ください。
請徹底尋找。

□ **坂**（さか）　　　　　　　　　　　　　坡、斜坡、坡道

例 この坂（さか）は　危険（き けん）ですから、気（き）を　つけて　ください。
因為這個坡道很危險，請小心。

この辺（へん）は　坂（さか）が　とても　多（おお）いそうです。
據説這附近的斜坡非常多。

□ 港 <ruby>港<rt>みなと</rt></ruby>　　　　　　　　　港、港口、碼頭

例 <ruby>船<rt>ふね</rt></ruby>が　<ruby>港<rt>みなと</rt></ruby>に　<ruby>戻<rt>もど</rt></ruby>って　きました。
船回到港口了。

この<ruby>港<rt>みなと</rt></ruby>は　とても　よく　<ruby>整備<rt>せいび</rt></ruby>されて　います。
這座港整備得非常完善。

□ <ruby>近所<rt>きんじょ</rt></ruby>　　　　　　　　　附近、近鄰

例 <ruby>近所<rt>きんじょ</rt></ruby>に　デパートが　できるそうです。　　延 <ruby>隣<rt>となり</rt></ruby> 鄰近、隔壁、鄰居
據説附近會蓋百貨公司。　　　　　　　　　　　　　 <ruby>住人<rt>じゅうにん</rt></ruby> 居民

<ruby>彼<rt>かれ</rt></ruby>は　<ruby>近所<rt>きんじょ</rt></ruby>に　<ruby>住<rt>す</rt></ruby>んで　います。
他住在附近。

□ <ruby>郊外<rt>こうがい</rt></ruby>　　　　　　　　　郊外

例 <ruby>姉<rt>あね</rt></ruby>は　<ruby>東京<rt>とうきょう</rt></ruby>の　<ruby>郊外<rt>こうがい</rt></ruby>に　<ruby>住<rt>す</rt></ruby>んで　います。
姊姊住在東京的郊外。

<ruby>弟<rt>おとうと</rt></ruby>は　<ruby>郊外<rt>こうがい</rt></ruby>に　<ruby>大<rt>おお</rt></ruby>きい　<ruby>家<rt>いえ</rt></ruby>を　<ruby>建<rt>た</rt></ruby>てました。
弟弟在郊外蓋了很大的房子。

□ <ruby>通<rt>とお</rt></ruby>り　　　　　　　　　大街、馬路、來
　　　　　　　　　　　　　　往、流通、傳播、
　　　　　　　　　　　　　　按照～那樣

例 お<ruby>祭<rt>まつ</rt></ruby>りで　<ruby>通<rt>とお</rt></ruby>りは　にぎやかです。　　延 <ruby>道路<rt>どうろ</rt></ruby> 道路、公路
因為祭典，街道上很熱鬧。　　　　　　　　　　　　 <ruby>道<rt>みち</rt></ruby> 道路

<ruby>通<rt>とお</rt></ruby>りで　<ruby>事故<rt>じこ</rt></ruby>が　あったようです。
大馬路上好像有事故。

□ **運転** (うんてん) 駕駛、開車

例 彼に 運転を お願いします。
(かれ)(うんてん)(ねが)
拜託他開車。

運転の 技術を 磨いたほうが いいです。
(うんてん)(ぎじゅつ)(みが)
磨練駕駛的技術比較好。

延 **運転手** (うんてんしゅ) 司機、駕駛
ドライブ 開車兜風

□ **交通** (こうつう) 交通

例 交通ルールを 守って ください。
(こうつう)(まも)
請遵守交通規則。

交通の 手段は いろいろ あります。
(こうつう)(しゅだん)
有各式各樣的交通方式。

□ **乗り物** (のりもの) 交通工具

例 乗り物に 乗ると 気持ちが 悪く なります。
(のもの)(の)(きも)(わる)
一搭乘交通工具就變得不舒服。

延 **タクシー** 計程車

男の 子は 乗り物が 好きなようです。
(おとこ)(こ)(のもの)(す)
男孩好像喜歡交通工具。

□ **汽車** (きしゃ) 火車

例 汽車に 乗るのは 久しぶりです。
(きしゃ)(の)(ひさ)
久違的火車搭乘。

あの汽車は もう 走れないそうです。
(きしゃ)(はし)
據説那輛火車已經不能跑了。

延 **電車** (でんしゃ) 電車
新幹線 (しんかんせん) 新幹線
地下鉄 (ちかてつ) 地下鐵

□ 船（ふね）　　　　　　　　　　　　　　船、舟

例　彼は　3台（さんだい）も　船（ふね）を　持（も）って　います。
他擁有高達3艘船。

延　ボート　小船
　　ヨット　帆船、遊艇

小（ちい）さい　船（ふね）は　とても　揺（ゆ）れます。
小的船非常搖晃。

□ 普通（ふつう）　　　　　　　　　　　　普通、通常、
　　　　　　　　　　　　　　　　　　　普通車

例　普通列車（ふつうれっしゃ）で　ゆっくり　行（い）きましょう。
搭乘普通列車慢慢去吧！

反　特別（とくべつ）　特別、特殊、
　　　　　　　　　　格外

うちの　子（こ）の　成績（せいせき）は　普通（ふつう）です。
我家的小孩成績普通。

□ 急行（きゅうこう）　　　　　　　　　　快車、急往

例　急行（きゅうこう）なら、普通（ふつう）より　早（はや）く　着（つ）きます。
如果是快車的話，會比普通車早到。

出張（しゅっちょう）の　ときは　いつも　急行（きゅうこう）に　乗（の）ります。
出差的時候總是搭乘快車。

□ 特急（とっきゅう）　　　　　　　　　　特快車、火速

例　特急（とっきゅう）の　値段（ねだん）は　高（たか）いですか。
特快車的價錢高嗎？

特急（とっきゅう）に　乗（の）ることが　できませんでした。
搭不上特快車了。

□ **帰り**（かえり）

回來、回去、歸途、回來的時候

例 帰りに　コンビニで　ビールを　買いました。
回程在便利商店買了啤酒。

反 行き（いき）去路、去時

学校の　帰りに　子犬を　拾いました。
學校的歸途，撿到了小狗。

□ **途中**（とちゅう）

路上、中途

例 テストの　途中、トイレに　行きたくなりました。
考試的中途，變得想去廁所了。

食事の　途中に　友だちが　来ました。
用餐的中途，朋友來了。

□ **趣味**（しゅみ）

興趣、愛好、嗜好

例 あなたの　趣味は　何ですか。
你的興趣是什麼呢？

夫は　趣味が　ぜんぜん　ありません。
丈夫完全沒有嗜好。

□ **興味**（きょうみ）

對～感興趣、興致

例 息子は　科学に　興味が　あるようです。
兒子好像對科學有興趣的樣子。

似 関心（かんしん）感興趣

文学には　それほど　興味が　ありません。
對文學沒有那麼有興趣。

實力測驗！

問題 1. ＿＿＿＿　の　ことばは　どう　よみますか。１・２・３・４から
　　　　　いちばん　いい　ものを　ひとつ　えらんで　ください。

1. （　　）<u>船</u>で　おきなわへ　あそびに　いきましょう。
　　　①こめ　　　　　②ふね　　　　　③つめ　　　　　④ねつ

2. （　　）ちちは　<u>普通</u>の　かいしゃいんです。
　　　①ふうつ　　　②ふとお　　　③ふつう　　　④ふとう

3. （　　）とかいは　<u>交通</u>が　べんりです。
　　　①こうとう　　②こうとお　　③こうつう　　④こうずい

問題 2. ＿＿＿＿　の　ことばは　どう　かきますか。１・２・３・４から
　　　　　いちばん　いい　ものを　ひとつ　えらんで　ください。

1. （　　）むすこは　<u>のりもの</u>の　おもちゃが　すきです。
　　　①載り物　　　②交り物　　　③乗り物　　　④行り物

2. （　　）どうりょうは　かいしゃの　<u>きそく</u>を　破りました。
　　　①規定　　　　②原定　　　　③規則　　　　④原則

3. （　　）<u>きゅうこう</u>なら、いちじかんで　つきます。
　　　①急行　　　　②特急　　　　③急車　　　　④特行

問題 3. （　　　　　）に　ふさわしい　ものは　どれですか。１・２・３・４
　　　　　から　いちばん　いい　ものを　ひとつ　えらんで　ください。

1. 黒板の　（　　　　　）に　かいて　ください。
　①つもり　　　　②とおり　　　　③つごう　　　　④きかい

2. （　　　　）に　めいわくを　かけないほうが　いいです。

   ①きんじょ　　　　②れきし　　　　③したぎ　　　　④ひるま

3. とかいの　やちんは　（　　　　）の　3ばいです。

   ①こうこう　　　　②こうがい　　　　③おいわい　　　　④おこさん

問題4. つぎの　ことばの　つかいかたで　いちばん　いい　ものを　1・2・3・4から　ひとつ　えらんで　ください。

1. みなと

   ①みなとに　ふねが　たくさん　とまって　います。

   ②みなとで　ぶどうと　のみものを　かいました。

   ③ちょっと　みなとを　かりても　いいですか。

   ④いがくから　いろいろな　みなとを　まなびます。

2. すみ

   ①ほんの　すみで　じこが　あったそうです。

   ②しずかな　すみで　くらしたいです。

   ③しゅうまつ、いっしょに　すみへ　いきましょう。

   ④へやの　すみに　ごみが　たくさん　あります。

3. せかい

   ①こんや、ともだちと　せかいへ　いくつもりです。

   ②ははの　りょうりは　せかいで　いちばん　おいしいです。

   ③いみが　わからないので、せかいを　ひきます。

   ④このさくぶんは　せかいで　かきました。

□ **花見**
<ruby>花<rt>はな</rt></ruby><ruby>見<rt>み</rt></ruby>

賞花、賞花的月分

例 <ruby>週末<rt>しゅうまつ</rt></ruby>、<ruby>花見<rt>はなみ</rt></ruby>に <ruby>行<rt>い</rt></ruby>きませんか。
週末，要不要去賞花呢？

そろそろ <ruby>花見<rt>はなみ</rt></ruby>の <ruby>季節<rt>きせつ</rt></ruby>です。
差不多是賞花的季節了。

延 <ruby>紅葉<rt>こうよう</rt></ruby> 紅葉
<ruby>桜<rt>さくら</rt></ruby> 櫻花

□ **遠足**
<ruby>遠<rt>えん</rt></ruby><ruby>足<rt>そく</rt></ruby>

遠足、郊遊

例 <ruby>娘<rt>むすめ</rt></ruby>は <ruby>遠足<rt>えんそく</rt></ruby>を <ruby>楽<rt>たの</rt></ruby>しみに して います。
女兒期待著遠足。

<ruby>遠足<rt>えんそく</rt></ruby>は <ruby>雨<rt>あめ</rt></ruby>で <ruby>中止<rt>ちゅうし</rt></ruby>に なりました。
遠足因雨變成取消了。

似 ハイキング
郊遊、健行、遠足

ピクニック
野餐、遠足、郊遊

□ **遊び**
<ruby>遊<rt>あそ</rt></ruby>び

遊戲、遊玩、遊樂

例 <ruby>家族<rt>かぞく</rt></ruby>みんなで <ruby>海<rt>うみ</rt></ruby>へ <ruby>遊<rt>あそ</rt></ruby>びに <ruby>行<rt>い</rt></ruby>きます。
全家人要去海邊遊玩。

<ruby>幼稚園<rt>ようちえん</rt></ruby>では どんな <ruby>遊<rt>あそ</rt></ruby>びを しましたか。
在幼稚園玩了什麼樣的遊戲呢？

□ **おもちゃ**

玩具

例 <ruby>甥<rt>おい</rt></ruby>に おもちゃを <ruby>買<rt>か</rt></ruby>って あげます。
幫外甥買玩具。

<ruby>妹<rt>いもうと</rt></ruby>に おもちゃを <ruby>壊<rt>こわ</rt></ruby>されました。
玩具被妹妹弄壞了。

□ **人形**
にんぎょう

玩偶、偶人

例 世界中の　人形を　集めて　います。
　　せ かいじゅう　　にんぎょう　　　あつ

收集著全世界的玩偶。

この人形は　立ったり、座ったり　できます。
　　　にんぎょう　　た　　　　　すわ

這個玩偶可以站或坐。

□ **お祭り**
　　まつ

祭典、（為慶祝、
紀念、宣傳而舉辦
的）娛樂活動

例 ぜひ　お祭りに　参加したいです。
　　　　　まつ　　　さん か

想一定要參加祭典。

夫は　お祭りの　準備に　熱心です。
おっと　　まつ　　　じゅん び　　ねっしん

丈夫熱心做祭典的準備。

延 **祭日** 祭祀日、節日
　さいじつ
　祝日 （日本政府規定
　しゅくじつ 的）節日
　伝統 傳統
　でんとう

□ **踊り**
　　おど

舞蹈

例 イベントで　踊りを　見物しました。
　　　　　　　おど　　　けんぶつ

在活動中觀賞了舞蹈。

娘は　踊りを　習いたがって　います。
むすめ　　おど　　　なら

女兒想學習舞蹈。

似 **ダンス** 舞蹈
　舞踊 舞蹈
　ぶよう
延 **踊ります** 跳舞
　おど

□ **水泳**
　すい えい

游泳

例 水泳は　あまり　得意では　ありません。
　　すいえい　　　　　　とく い

游泳不太厲害。

来月、水泳の　大会が　あります。
らいげつ　すいえい　　たいかい

下個月，有游泳比賽。

延 **泳ぎます** 游泳
　およ
　プール 游泳池
　海 海
　うみ

077

□ **柔道**　<small>じゅうどう</small>　　　　　　　　　　　柔道

例　子供の　ころから　柔道を　習って　います。
　<small>こども</small>　　　　　　<small>じゅうどう</small>　<small>なら</small>
　從孩提時代開始學柔道。

　息子に　柔道を　やらせたいです。
　<small>むすこ</small>　<small>じゅうどう</small>
　想讓兒子學柔道。

延　剣道　劍道　<small>けんどう</small>
　空手　空手道　<small>からて</small>
　武道　武術　<small>ぶどう</small>

□ **伝統**　<small>でんとう</small>　　　　　　　　　　　傳統

例　学校の　伝統に　従います。
　<small>がっこう</small>　<small>でんとう</small>　<small>したが</small>
　遵從學校的傳統。

　地域の　伝統を　大事に　するべきです。
　<small>ちいき</small>　<small>でんとう</small>　<small>だいじ</small>
　應該珍惜地區的傳統。

□ **楽しみ**　<small>たの</small>　　　　　　　　　　快樂、樂趣、期待

例　子供の　成長は　楽しみの　一つです。
　<small>こども</small>　<small>せいちょう</small>　<small>たの</small>　<small>ひと</small>
　小孩的成長是樂趣之一。

　来月の　旅行が　今から　楽しみです。
　<small>らいげつ</small>　<small>りょこう</small>　<small>いま</small>　<small>たの</small>
　從現在就開始期待下個月的旅行。

□ **天気予報**　<small>てんきよほう</small>　　　　　　　　天氣預報

例　寝る前に　天気予報を　見ます。
　<small>ね</small>　<small>まえ</small>　<small>てんきよほう</small>　<small>み</small>
　睡覺前看天氣預報。

　天気予報に　よると、明日は　雨だそうです。
　<small>てんきよほう</small>　　　　　<small>あした</small>　<small>あめ</small>
　根據天氣預報，據說明天是雨天。

延　気温　氣溫　<small>きおん</small>
　気候　氣候　<small>きこう</small>

□ 格好（かっこう）

様子、外形、姿態、打扮、狀態

例 子供（こども）らしい 格好（かっこう）を しなさい。
要打扮得像個孩子的樣子！

パーティーの 格好（かっこう）は 自由（じゆう）です。
派對的打扮隨個人自由。

□ 服（ふく）

衣服、西服、和服

例 この服（ふく）は 綿（めん）で 作（つく）られて います。
這件衣服是用棉做的。

似 洋服（ようふく） 西服
延 服装（ふくそう） 服裝

母（はは）は 自分（じぶん）で 服（ふく）を 縫（ぬ）います。
母親自己縫衣服。

□ 着物（きもの）

和服、衣服

例 正月（しょうがつ）に 着物（きもの）を 着（き）るつもりです。
新年打算穿和服。

自分（じぶん）で 着物（きもの）が 着（き）られますか。
會自己穿和服嗎？

□ 上着（うわぎ）

上衣、外衣、外套

例 暑（あつ）いから、上着（うわぎ）を 脱（ぬ）ぎましょう。
因為很熱，所以脫掉外套吧！

延 ジャケット 夾克
　　オーバー 大衣
　　コート 大衣

その上着（うわぎ）は 大（おお）きすぎると 思（おも）います。
我覺得那件上衣太大。

□ 下着 <ruby>下<rt>した</rt></ruby><ruby>着<rt>ぎ</rt></ruby>　　　　　　　　內衣褲、貼身衣服

例　<ruby>自分<rt>じぶん</rt></ruby>の　<ruby>下着<rt>したぎ</rt></ruby>は　<ruby>自分<rt>じぶん</rt></ruby>で　<ruby>洗<rt>あら</rt></ruby>いなさい。　　延 パンツ 內褲、短褲
自己的內衣褲自己洗！
<ruby>彼女<rt>かのじょ</rt></ruby>に　<ruby>可愛<rt>かわい</rt></ruby>い　<ruby>下着<rt>したぎ</rt></ruby>を　プレゼントします。
送女朋友可愛的內衣褲當禮物。

□ <ruby>糸<rt>いと</rt></ruby>　　　　　　　　　線、絲

例　<ruby>針<rt>はり</rt></ruby>と　<ruby>糸<rt>いと</rt></ruby>を　<ruby>準備<rt>じゅんび</rt></ruby>します。
準備針和線。
<ruby>細<rt>ほそ</rt></ruby>くて　<ruby>黒<rt>くろ</rt></ruby>い　<ruby>糸<rt>いと</rt></ruby>で　<ruby>縫<rt>ぬ</rt></ruby>います。
用又細又黑的線來縫。

□ <ruby>木綿<rt>もめん</rt></ruby>　　　　　　　棉、棉花、棉製品
　　　　　　　　　　　　　（棉紗、棉布、棉
　　　　　　　　　　　　　線等）

例　これは　<ruby>木綿<rt>もめん</rt></ruby>の　ハンカチです。　　　似 <ruby>綿<rt>めん</rt></ruby> 棉、棉花
這是棉的手帕。
<ruby>夫<rt>おっと</rt></ruby>は　<ruby>木綿<rt>もめん</rt></ruby>の　シャツしか　<ruby>着<rt>き</rt></ruby>ません。
丈夫只穿棉的襯衫。

□ <ruby>絹<rt>きぬ</rt></ruby>　　　　　　　　　絲、綢

例　この<ruby>着物<rt>きもの</rt></ruby>は　<ruby>絹<rt>きぬ</rt></ruby>で　<ruby>作<rt>つく</rt></ruby>られて　います。　似 シルク 絲、綢
這件和服是用絲做的。
<ruby>絹<rt>きぬ</rt></ruby>の　ドレスで　パーティーに　<ruby>参加<rt>さんか</rt></ruby>します。
穿絲的禮服參加宴會。

□ 布団 (ふとん) 被褥、坐墊的總稱

例 天気 (てんき) が いいので、布団 (ふとん) を 干 (ほ) しました。
由於天氣很好，曬了棉被。

延 枕 (まくら) 枕頭
ベッド 床

そろそろ 新 (あたら) しい 布団 (ふとん) を 買 (か) いましょう。
差不多該來買新的棉被了吧！

□ 手袋 (てぶくろ) 手套

例 今朝 (けさ) は 寒 (さむ) いので、手袋 (てぶくろ) を しました。
今天早上由於很冷，戴了手套。

延 マフラー 圍巾

この手袋 (てぶくろ) は 母 (はは) が 作 (つく) って くれたものです。
這副手套是母親做給我的。

□ 指輪 (ゆびわ) 戒指

例 誕生日 (たんじょうび) に 指輪 (ゆびわ) を もらいました。
生日時收到戒指了。

延 アクセサリー
装飾品、附屬品
ネックレス 項鍊
腕時計 (うでどけい) 手錶

これは 夫 (おっと) が 買 (か) って くれた指輪 (ゆびわ) です。
這是丈夫買給我的戒指。

□ 周 (まわ) り 周圍、附近

例 祖母 (そぼ) と 公園 (こうえん) の 周 (まわ) りを 散歩 (さんぽ) します。
和祖母在公園的周圍散步。

似 周囲 (しゅうい) 周圍、四周

彼 (かれ) の 周 (まわ) りには いつも 人 (ひと) が 集 (あつ) まります。
他的周圍總是有很多人聚集。

081

實力測驗！

問題1. ＿＿＿＿＿ の　ことばは　どう　よみますか。1・2・3・4から
いちばん　いい　ものを　ひとつ　えらんで　ください。

1. （　　）正月に　あかい　<u>下着</u>を　着るつもりです。
　　　　①したき　　　　②したぎ　　　　③なかき　　　　④なかぎ

2. （　　）<u>手袋</u>を　なくして　しまいました。
　　　　①てふくろ　　　②てぶくろ　　　③しゅたい　　　④しゅだい

3. （　　）たいふうで　<u>遠足</u>が　ちゅうしに　なりました。
　　　　①えんそく　　　②えんあし　　　③とおそく　　　④とおあし

問題2. ＿＿＿＿＿ の　ことばは　どう　かきますか。1・2・3・4から
いちばん　いい　ものを　ひとつ　えらんで　ください。

1. （　　）もう　すこし　いい　<u>かっこう</u>を　したほうが　いいです。
　　　　①格服　　　　　②恰服　　　　　③格好　　　　　④恰好

2. （　　）週末、どうりょうと　<u>はなみ</u>を　するよていです。
　　　　①花賞　　　　　②賞花　　　　　③花見　　　　　④賞見

3. （　　）こどもの　ころは　どんな　<u>あそび</u>を　しましたか。
　　　　①楽び　　　　　②弄び　　　　　③遊び　　　　　④玩び

問題3. （　　　　　）に　ふさわしい　ものは　どれですか。1・2・3・4
から　いちばん　いい　ものを　ひとつ　えらんで　ください。

1. 部長の　おじょうさんに　（　　　　　）を　プレゼントしました。
　　　①あかちゃん　　　②にんぎょう　　　③けいざい　　　④かいがん

2. おまつりで　いっしょに　（　　　　）を　たのしみませんか。

　　①おどり　　　　　②ひるね　　　　　③せいじ　　　　　④おなか

3. あのおかねもちは　（　　　　）を　たくさん　して　います。

　　①くうき　　　　　②おさつ　　　　　③ひかり　　　　　④ゆびわ

問題4. つぎの　ことばの　つかいかたで　いちばん　いい　ものを　1・2・3・4から　ひとつ　えらんで　ください。

1. おもちゃ

　　①いつか　おもちゃに　いって　みたいです。

　　②かれは　おもちゃを　まわることが　できます。

　　③こんどの　おもちゃは　ぜひ　かちたいです。

　　④いもうとに　だいじな　おもちゃを　こわされました。

2. じゅうどう

　　①みなさんの　じゅうどうを　紙に　かいて　ください。

　　②むすこは　じゅうどうを　ならいたがって　います。

　　③これは　じゅうどうに　やさしい　のみものです。

　　④じゅうどうの　汗を　とめたほうが　いいです。

3. まわり

　　①せんせいは　ひるねの　まわりを　よく　あるくようです。

　　②あしたの　まわりが　とても　たのしみです。

　　③トイレの　まわりは　すこし　くさいです。

　　④こうこうを　出たら、まわりに　はいるつもりです。

□ <ruby>両方<rt>りょうほう</rt></ruby>　　　　　　　　雙方、兩者

例 <ruby>両方<rt>りょうほう</rt></ruby>の　<ruby>手<rt>て</rt></ruby>に　<ruby>荷物<rt>にもつ</rt></ruby>を　<ruby>持<rt>も</rt></ruby>って　います。
兩邊的手都拿著行李。

反 <ruby>片方<rt>かたほう</rt></ruby>
（兩個中的）一個、
（兩方中的）一方

<ruby>彼<rt>かれ</rt></ruby>は　<ruby>日本語<rt>にほんご</rt></ruby>も　<ruby>中国語<rt>ちゅうごくご</rt></ruby>も　<ruby>両方<rt>りょうほう</rt></ruby>　<ruby>上手<rt>じょうず</rt></ruby>です。
他不管日文還是中文，兩者都很厲害。

□ <ruby>表<rt>おもて</rt></ruby>　　　　　　　　正面、表面、戶
外、門外、前面、
公開

例 ノートの　<ruby>表<rt>おもて</rt></ruby>に　<ruby>名前<rt>なまえ</rt></ruby>を　<ruby>書<rt>か</rt></ruby>きなさい。
在筆記本的正面寫上名字！

反 <ruby>裏<rt>うら</rt></ruby>　背面、反面、
後面、內情

<ruby>門<rt>もん</rt></ruby>の　<ruby>表<rt>おもて</rt></ruby>に　<ruby>誰<rt>だれ</rt></ruby>か　いるようです。
門外好像有誰的樣子。

□ <ruby>裏<rt>うら</rt></ruby>　　　　　　　　背面、反面、後
面、內情

例 スーパーは　<ruby>駅<rt>えき</rt></ruby>の　<ruby>裏<rt>うら</rt></ruby>に　あります。
超級市場在車站的後面。

反 <ruby>表<rt>おもて</rt></ruby>　正面、表面、戶
外、門外、前面、
公開

<ruby>泥棒<rt>どろぼう</rt></ruby>は　<ruby>裏<rt>うら</rt></ruby>の　<ruby>入口<rt>いりぐち</rt></ruby>から　<ruby>入<rt>はい</rt></ruby>ったようです。
小偷好像是從後面的入口進入的樣子。

□ <ruby>真<rt>ま</rt></ruby>ん<ruby>中<rt>なか</rt></ruby>　　　　　　　正中央、中央、
當中

例 <ruby>校庭<rt>こうてい</rt></ruby>の　<ruby>真<rt>ま</rt></ruby>ん<ruby>中<rt>なか</rt></ruby>に　<ruby>立<rt>た</rt></ruby>たされました。
被迫站在校園的正中央。

延 <ruby>中心<rt>ちゅうしん</rt></ruby>　中心
<ruby>中央<rt>ちゅうおう</rt></ruby>　中央

<ruby>写真<rt>しゃしん</rt></ruby>の　<ruby>真<rt>ま</rt></ruby>ん<ruby>中<rt>なか</rt></ruby>の　<ruby>人<rt>ひと</rt></ruby>は　<ruby>誰<rt>だれ</rt></ruby>ですか。
照片正中央的人是誰呢？

□ **手前**
<ruby>手<rt>て</rt>前<rt>まえ</rt></ruby>

靠自己這邊的地方、跟前

例 いつもより <ruby>一<rt>ひと</rt></ruby>つ <ruby>手前<rt>てまえ</rt></ruby>の <ruby>駅<rt>えき</rt></ruby>で <ruby>降<rt>お</rt></ruby>ります。
在比平常前一個車站下車。

<ruby>信号機<rt>しんごうき</rt></ruby>の <ruby>手前<rt>てまえ</rt></ruby>で <ruby>急<rt>きゅう</rt></ruby>に <ruby>停<rt>と</rt></ruby>まりました。
在紅綠燈的跟前突然停了。

□ **手元**
<ruby>手<rt>て</rt>元<rt>もと</rt></ruby>

手邊、身邊、（物品的）把手

例 <ruby>財布<rt>さいふ</rt></ruby>が <ruby>今<rt>いま</rt></ruby>、<ruby>手元<rt>てもと</rt></ruby>に ありません。
錢包現在，不在手邊。

<ruby>大事<rt>だいじ</rt></ruby>な <ruby>書類<rt>しょるい</rt></ruby>なので、<ruby>手元<rt>てもと</rt></ruby>に <ruby>置<rt>お</rt></ruby>いて おきます。
由於是重要的文件，所以事先放在手邊。

□ **以上**
<ruby>以<rt>い</rt>上<rt>じょう</rt></ruby>

再、上述、以上

例 ご<ruby>注文<rt>ちゅうもん</rt></ruby>は <ruby>以上<rt>いじょう</rt></ruby>ですか。
您點的，是上述這些嗎？

反 <ruby>以下<rt>いか</rt></ruby> 以下

<ruby>毎朝<rt>まいあさ</rt></ruby>、<ruby>一時間<rt>いちじかん</rt></ruby><ruby>以上<rt>いじょう</rt></ruby> <ruby>歩<rt>ある</rt></ruby>くように して います。
習慣每天早上都走路一個小時以上。

□ **以下**
<ruby>以<rt>い</rt>下<rt>か</rt></ruby>

以下

例 この<ruby>店<rt>みせ</rt></ruby>は <ruby>18歳<rt>じゅうはっさい</rt></ruby><ruby>以下<rt>いか</rt></ruby>は <ruby>入<rt>はい</rt></ruby>れません。
這家店18歲以下不能進入。

反 <ruby>以上<rt>いじょう</rt></ruby> 上述、以上

<ruby>以下<rt>いか</rt></ruby>の <ruby>2<rt>ふた</rt></ruby>つに ついて <ruby>説明<rt>せつめい</rt></ruby>して ください。
請就以下2項做說明。

□ **以外** (いがい)　　　　　　　　　　　以外、除了～之外

例 それ以外(いがい)の　理由(りゆう)は　ありません。
沒有除此之外的理由。

彼(かれ)は　勉強(べんきょう)以外(いがい)、興味(きょうみ)が　ないようです。
他除了讀書之外，好像都不感興趣。

反 以内(いない)　以內、之內
延 以下(いか)　以下

□ **以内** (いない)　　　　　　　　　　　以內、之內

例 料理(りょうり)は　３０分(さんじゅっぷん)以内(いない)で　できます。
料理在30分鐘之內可以做好。

２週間(にしゅうかん)以内(いない)に　返事(へんじ)を　しなければ　なりません。
非在2個星期之內回覆不可。

反 以外(いがい)　以外、除了～之外
延 以上(いじょう)　上述、以上

□ **内** (うち)　　　　　　　　　　　　　內、中、之內、以內、趁著～期間內

例 他人(たにん)の　心(こころ)の　内(うち)は　分(わ)かりません。
不知道他人的內心。

雨(あめ)が　降(ふ)らない内(うち)に　買物(かいもの)へ　行(い)きましょう。
趁沒下雨時去買東西吧！

似 中(なか)　中、其中、中間
反 外(そと)　外面、外部

□ **小鳥** (ことり)　　　　　　　　　　　小鳥

例 小鳥(ことり)は　何(なに)を　食(た)べますか。
小鳥吃什麼呢？

小(ちい)さい　頃(ころ)、小鳥(ことり)を　飼(か)って　いました。
小的時候，養過小鳥。

似 鳥(とり)　鳥
延 羽(はね)　羽毛

□ 葉 ^は　　　　　　　　　　　　　葉子

例 葉が 赤く なりました。　　　　　　延 木 樹木
葉子變紅了。　　　　　　　　　　　　　　緑 綠色

冬に なって、葉が すっかり 落ちました。
冬天一到，葉子便完全凋落了。

□ 枝 ^{えだ}　　　　　　　　　　　　枝、樹枝、分枝

例 枝が 長すぎるので、切りましょう。
由於樹枝太長，鋸掉吧！
枝の 上に 小鳥が たくさん います。
枝椏上有很多小鳥。

□ 花 ^{はな}　　　　　　　　　　　　花

例 どんな 花が 好きですか。　　　　　延 桜 櫻花
喜歡什麼樣的花呢？　　　　　　　　　　花束 花束
公園に きれいな 花が 咲いて います。
公園裡開著漂亮的花朵。

□ 草 ^{くさ}　　　　　　　　　　　　草、雜草、牧草、
　　　　　　　　　　　　　　　　　　　稻草

例 庭に 草が たくさん 生えて います。　延 雑草 雜草
庭園裡雜草叢生。
牛が 草を 食べて います。
牛吃著草。

□ 虫（むし）　　　　　　　　　　　　　　　　　　　蟲類的總稱

例　わたしは　虫（むし）が　苦手（にがて）です。　　　延　昆虫（こんちゅう）　昆蟲
　　我怕蟲。　　　　　　　　　　　　　　　　　　　　　蚊（か）　蚊子

　　山（やま）には　いろいろな　虫（むし）が　います。
　　山裡面有各式各樣的蟲。

□ 石（いし）　　　　　　　　　　　　　　　　　　　石頭、石子

例　石（いし）を　投（な）げては　いけません。
　　不可以丟石頭。

　　大（おお）きい　石（いし）で　転（ころ）んで　しまいました。
　　因大石頭而跌倒了。

□ 砂（すな）　　　　　　　　　　　　　　　　　　　沙

例　ここの　海（うみ）の　砂（すな）は　とても　白（しろ）いです。
　　這裡的海的沙非常潔白。

　　砂（すな）が　目（め）に　入（はい）って、痛（いた）いです。
　　沙跑到眼睛裡，很痛。

□ 岩（いわ）　　　　　　　　　　　　　　　　　　　岩、岩石

例　岩（いわ）が　落（お）ちて、人（ひと）が　亡（な）くなったそうです。
　　據說因為岩石掉落，有人身亡了。

　　あの岩（いわ）は　子供（こども）に　とって、危険（きけん）だと　思（おも）います。
　　我覺得那座岩石對小孩而言很危險。

□ **林** ^{はやし}　　　　　　　　　　　林、樹林

例 林の　中で　迷って　しまいました。
在樹林中迷路了。

祖父と　林を　散歩するのが　好きです。
喜歡和祖父在林中散步。

□ **森** ^{もり}　　　　　　　　　　　森林

例 週末、家族で　森へ　遊びに　行きました。
週末，和家人去森林玩了。

森の　中で　弁当を　食べましょう。
在森林中吃便當吧！

□ **線** ^{せん}　　　　　　　　　　　線、（交通）路線

例 左から　右へ　線を　引きなさい。　　反 点 點
從左到右畫線！

線の　内側に　入って　ください。
請進到線的內側。

□ **留守** ^{るす}　　　　　　　　　　出門、外出、
　　　　　　　　　　　　　　　　　　不在家

例 すみません、父は　留守です。　　似 不在 不在、不在家
不好意思，我父親不在家。

留守の　間、泥棒に　入られました。
不在家的期間，被小偷侵入。

089

實力測驗！

問題1. _____ の ことばは どう よみますか。1・2・3・4から
いちばん いい ものを ひとつ えらんで ください。

1. （　　） くつの 中に 砂が 入りました。
　　　　①すみ　　　　②すな　　　　③すし　　　　④すき

2. （　　） そろそろ 枝を 切ったほうが いいです。
　　　　①かき　　　　②かい　　　　③えび　　　　④えだ

3. （　　） 庭に 草が たくさん 生えて います。
　　　　①そう　　　　②そい　　　　③くき　　　　④くさ

問題2. _____ の ことばは どう かきますか。1・2・3・4から
いちばん いい ものを ひとつ えらんで ください。

1. （　　） もりには いろいろな 動物が 住んで います。
　　　　①森　　　　②林　　　　③山　　　　④丘

2. （　　） ステーキも ハンバーグも りょうほう 食べたいです。
　　　　①両側　　　　②両方　　　　③双側　　　　④双方

3. （　　） ここを まっすぐ 行くと、はやしが 見えます。
　　　　①岩　　　　②園　　　　③林　　　　④湖

問題3. （　　　　） に ふさわしい ものは どれですか。1・2・3・4
から いちばん いい ものを ひとつ えらんで ください。

1. きれいな （　　　　） が 枝に とまって います。
　　　　①はいしゃ　　　　②ことり　　　　③ぶどう　　　　④おさつ

2. この（　　　　）は　何を　たべますか。

①みみ　　　　　　②いと　　　　　　③むし　　　　　　④いし

3. テーブルの　（　　　　）に　花瓶が　おいて　あります。

①おこさん　　　　②まんなか　　　　③ほうりつ　　　　④おいわい

問題 4. つぎの　ことばの　つかいかたで　いちばん　いい　ものを　1・2・3・4から　ひとつ　えらんで　ください。

1. おもて

①こんばん　みせの　おもてに　泊まるよていです。

②いなかの　おもては　とても　しんせんです。

③本の　おもてに　なまえを　かいて　ください。

④たいようの　おもては　つめたいです。

2. てもと

①かぞくの　しゃしんは　今、てもとに　ありません。

②てもとの　きせつに　なりました。

③いっしょに　てもとを　ならべて　ください。

④ごしゅじんの　てもとは　どこですか。

3. るす

①あねに　るすを　借りるつもりです。

②かないと　むすめは　昨日から　るすです。

③そろそろ　るすの　うんてんを　しましょう。

④さいきんは　るすが　よく　ふります。

第 **11** 天 ♪ 11

□ 予約
よやく

秘書に 飛行機の 予約を 頼みました。
ひしょ　ひこうき　よやく　たの
拜託祕書預定機票了。

店の 予約は もう 済んで います。
みせ　よやく　　　　す
店的預約已經處理好了。

預約、預定

□ 予定
よてい

来週の 予定を 教えて ください。
らいしゅう　よてい　おし
請告訴我下週的安排。

特に 予定は ありません。
とく　よてい
沒有特別預定的事情。

預定（的事情）、
安排

□ 場合
ばあい

雨の 場合は 中止です。
あめ　ばあい　ちゅうし
雨天的情況就停辦。

緊急の 場合は 連絡して ください。
きんきゅう　ばあい　れんらく
緊急的時候請聯絡。

場合、情形、情
況、時候

似 時 時候
とき

□ 原因
げんいん

事故の 原因は まだ 不明です。
じこ　げんいん　　　ふめい
事故的原因還不明。

これから 火事の 原因を 調べます。
かじ　げんいん　しら
接下來會調查火災的原因。

原因

反 結果 結果
けっか

延 理由 理由、緣故、
りゅう　藉口

092

□ **理由**（り ゆう）　　　　　　　　　　　理由、緣故、藉口

（例）欠席（けっせき）の　理由（り ゆう）は　分（わ）かりません。
不知道缺席的理由。

何（なに）か　理由（り ゆう）が　あるはずです。
應該有什麼樣的理由。

似　訳（わけ）　理由、原因、情形
延　原因（げんいん）　原因

□ **訳**（わけ）　　　　　　　　　　　意義、理由、原因、情形、當然、道理

（例）昨日（きのう）、休（やす）んだ訳（わけ）を　教（おし）えて　ください。
請告訴我昨天請假的理由。

これには　深（ふか）い　訳（わけ）が　あります。
這件事（背後）有很深的理由。

似　理由（り ゆう）　理由、緣故、藉口
延　原因（げんいん）　原因

□ **畳**（たたみ）　　　　　　　　　　　榻榻米

（例）新（あたら）しい　畳（たたみ）は　いい　匂（にお）いが　します。
新的榻榻米散發著香味。

畳（たたみ）の　部屋（へ や）を　お願（ねが）い　します。
麻煩給我榻榻米的房間。

□ **鏡**（かがみ）　　　　　　　　　　　鏡子

（例）娘（むすめ）は　鏡（かがみ）を　見（み）るのが　好（す）きです。
女兒喜歡照鏡子。

鏡（かがみ）が　汚（よご）れて　いるから、磨（みが）きましょう。
鏡子髒掉了，所以擦一擦吧！

□ **冷房**（れいぼう）　　　　　　　　　　　　冷氣設備

例 暑（あつ）いので、冷房（れいぼう）を　つけましょう。
　由於很炎熱，所以開冷氣吧！

　冷房（れいぼう）の　温度（おんど）を　下（さ）げても　いいですか。
　可以把冷氣的溫度調低嗎？

似 クーラー　冷氣設備
反 暖房（だんぼう）　暖氣設備

□ **暖房**（だんぼう）　　　　　　　　　　　　暖氣設備

例 起（お）きたら、すぐに　暖房（だんぼう）を　つけます。
　一起床，立刻開暖氣。

　今年（ことし）は　暖冬（だんとう）なので、暖房（だんぼう）は　いらないようです。
　由於今年是暖冬，所以好像不用暖氣。

似 ヒーター　暖氣設備
反 冷房（れいぼう）　冷氣設備

□ **冷蔵庫**（れいぞうこ）　　　　　　　　　　冷藏庫、冰箱

例 冷蔵庫（れいぞうこ）が　ついに　壊（こわ）れて　しまいました。
　冰箱終於壞掉了。

　冷蔵庫（れいぞうこ）には　何（なに）も　入（はい）って　いません。
　冰箱裡面什麼都沒有放。

延 冷凍庫（れいとうこ）　冷凍庫

□ **壁**（かべ）　　　　　　　　　　　　　　　牆壁

例 外（そと）の　壁（かべ）を　白（しろ）く　塗（ぬ）りましょう。
　把外面的牆壁漆成白色吧！

　壁（かべ）に　ポスターを　貼（は）っては　いけません。
　不可以在牆壁上貼海報。

□ **押入れ**
おし　い

（日本式房屋的）
壁櫥

例 押入れを　整理したほうが　いいです。
おし　い　　　　せい り
整理壁櫥比較好。

押入れの　中から　布団を　出します。
おし　い　　　なか　　　ふ とん　　　だ
從壁櫥裡面取出棉被。

□ **引き出し**
ひ　だ

抽屜

例 財布は　引き出しに　入れたはずです。
さい ふ　　　ひ　だ　　　　　い
錢包應該放進抽屜了。

ハンカチは　引き出しの　一番上です。
ひ　だ　　　いちばんうえ
手帕在抽屜的最上面。

□ **棚**
たな

擱板、棚架

例 本は　棚に　並べます。
ほん　　たな　　なら
書排列在架上。

地震で　棚から　物が　落ちました。
じ しん　　たな　　　もの　　お
因地震，東西從架上掉落了下來。

□ **都合**
つ ごう

某種關係或理由或
情況、方便與否

例 都合が　いい　時、連絡して　ください。
つ ごう　　　　　とき　れんらく
方便的時候，請聯絡。

その時間は　都合が　悪いです。
じ かん　　　つ ごう　　わる
那個時間不方便。

□ **住所**（じゅうしょ）　　　　　　　住址、地址、住所

（例）新（あたら）しい　住所（じゅうしょ）を　教（おし）えて　もらえますか。
可以告訴我新的地址嗎？

ここに　名前（なまえ）と　住所（じゅうしょ）を　書（か）いて　ください。
請在這裡寫上姓名和地址。

□ **屋上**（おくじょう）　　　　　　　屋頂（上）、屋頂平台

（例）屋上（おくじょう）で　お弁当（べんとう）を　食（た）べませんか。
要不要在屋頂上吃便當呢？

ビルの　屋上（おくじょう）から　下（した）を　見（み）ます。
從大廈屋頂上往下看。

□ **場所**（ばしょ）　　　　　　　　　場所、地點、座位

（例）昔（むかし）、この場所（ばしょ）に　城（しろ）が　あったそうです。
據說古時候，這個地方有城堡。

（似）所（ところ）　地點、位置、場所、地方

指定（してい）の　場所（ばしょ）に　届（とど）けて　ください。
請送到指定的地點。

□ **工場**（こうじょう）　　　　　　　工廠

（例）工場（こうじょう）から　煙（けむり）が　たくさん　出（で）て　います。
從工廠冒著很多煙。

弟（おとうと）は　近所（きんじょ）の　工場（こうじょう）で　働（はたら）いて　います。
弟弟在附近的工廠工作。

□ **事務所**　<small>じ む しょ</small>　　　　　　　事務所、辦公室、
　　　　　　　　　　　　　　　　　辦事處

例　事務所は　8階に　あります。　　　<small>じ む しょ　はっかい</small>　　　似 オフィス 辦事處、
　　辦公室在8樓。　　　　　　　　　　　　　　　　辦公室

　　法律事務所で　アルバイトを　して　います。　<small>ほうりつじ む しょ</small>
　　在法律事務所打工。

□ **会議室**　<small>かい ぎ しつ</small>　　　　　　　會議室

例　会議室を　予約して　おきました。　<small>かい ぎ しつ　よ やく</small>
　　事先預約好會議室了。

　　会議室は　今、使用中です。　<small>かい ぎ しつ　いま　し ようちゅう</small>
　　會議室現在使用中。

□ **用**　<small>よう</small>　　　　　　　　　　事情、工作

例　何か　用ですか。　<small>なに　よう</small>　　　　　似 用事 事情、工作　<small>よう じ</small>
　　有什麼事情嗎？

　　特に　用は　ありません。　<small>とく　よう</small>
　　沒什麼特別的事情。

□ **用事**　<small>よう じ</small>　　　　　　　　事情、工作

例　用事が　あるので、行けません。　<small>よう じ　い</small>　　似 用 事情、工作　<small>よう</small>
　　由於有事情，所以不能去。

　　急な　用事が　できました。　<small>きゅう　よう じ</small>
　　突然出了緊急的事情。

實力測驗！

問題 1. ＿＿＿の　ことばは　どう　よみますか。1・2・3・4から
　　　　　いちばん　いい　ものを　ひとつ　えらんで　ください。

1. (　　) <u>棚</u>に　人形が　ならんで　います。
　　　　①たな　　　　　②いし　　　　　③たい　　　　　④いわ

2. (　　) 彼女は　いつも　<u>鏡</u>を　見て　います。
　　　　①つごう　　　　②せかい　　　　③かがみ　　　　④きかい

3. (　　) <u>用</u>が　済んだら、かえります。
　　　　①もち　　　　　②かた　　　　　③よう　　　　　④こと

問題 2. ＿＿＿の　ことばは　どう　かきますか。1・2・3・4から
　　　　　いちばん　いい　ものを　ひとつ　えらんで　ください。

1. (　　) たいふうの　<u>ばあい</u>は　休みです。
　　　　①場所　　　　　②場合　　　　　③状態　　　　　④状況

2. (　　) 火事の　<u>げんいん</u>は　まだ　わかりません。
　　　　①理由　　　　　②因訳　　　　　③原則　　　　　④原因

3. (　　) <u>わけ</u>は　聞かないで　ください。
　　　　①理　　　　　　②訳　　　　　　③原　　　　　　④因

問題 3. (　　　　) に　ふさわしい　ものは　どれですか。1・2・3・4
　　　　　から　いちばん　いい　ものを　ひとつ　えらんで　ください。

1. レストランの　(　　　　)を　お願いしても　いいですか。
　　　①よそく　　　　②よやく　　　　③よてい　　　　④よぼう

2. さむいので、（　　　　）を　つけましょう。
　　①でんぽう　　　　②しなもの　　　　③だんぼう　　　　④れいぼう

3. ビールを　（　　　　）に　ひやして　おきます。
　　①れいぞうこ　　　②わすれもの　　　③ひるやすみ　　　④きゅうこう

問題 4. つぎの　ことばの　つかいかたで　いちばん　いい　ものを　1・
　　　　2・3・4から　ひとつ　えらんで　ください。

1. よてい
　　①やぶれたから、よていを　うちましょう。
　　②このあと　何か　よていが　ありますか。
　　③しごとの　ときは　いつも　よていを　きます。
　　④天気が　いいので、よていを　ほしましょう。

2. おくじょう
　　①まいにち　おくじょうを　つけて　います。
　　②はるに　なると、おくじょうが　さきます。
　　③おくじょうで　花を　そだてて　います。
　　④そろそろ　おくじょうの　きせつです。

3. かべ
　　①かべに　えを　かけましょう。
　　②かべが　くる前に、へやを　そうじします。
　　③かべの　しごとは　とても　ひまです。
　　④おじは　このがっこうの　かべです。

第 **12** 天 ♪ 12

□ **会社**
かいしゃ
公司

例 いつか　自分の　会社を　作りたいです。
じぶん　　かいしゃ　　つく
總有一天想要開自己的公司。

父は　貿易の　会社で　働いて　います。
ちち　　ぼうえき　　かいしゃ　　はたら
父親在貿易公司上班。

□ **社長**
しゃちょう
社長

例 うちの　社長は　とても　若いです。
しゃちょう　　　　　　わか
我們社長非常年輕。

延 代表 代表
だいひょう

将来は　社長に　なりたいです。
しょうらい　　しゃちょう
將來想成為社長。

□ **部長**
ぶちょう
部長

例 部長は　いろいろ　教えて　くれます。
ぶちょう　　　　　　おし
部長教我很多東西。

昨日、部長に　叱られました。
きのう　　ぶちょう　　しか
昨天，被部長罵了。

□ **課長**
かちょう
課長

例 課長は　とても　厳しいです。
かちょう　　　　　　きび
課長非常嚴格。

弟は　来月から　課長に　なるそうです。
おとうと　　らいげつ　　かちょう
聽說弟弟從下個月起成為課長。

100

□ 売り場 <ruby>売<rt>う</rt></ruby>り<ruby>場<rt>ば</rt></ruby>　　　　　　　　　　櫃臺、售貨處

例 おもちゃ<ruby>売<rt>う</rt></ruby>り<ruby>場<rt>ば</rt></ruby>は　<ruby>何階<rt>なんがい</rt></ruby>ですか。
玩具的賣場在幾樓呢？
<ruby>腕時計<rt>うでどけい</rt></ruby>は　どの<ruby>売<rt>う</rt></ruby>り<ruby>場<rt>ば</rt></ruby>に　<ruby>置<rt>お</rt></ruby>いて　ありますか。
手錶是放置在哪個專櫃呢？

□ <ruby>会場<rt>かいじょう</rt></ruby>　　　　　　　　　　　　　會場

例 <ruby>会場<rt>かいじょう</rt></ruby>まで　タクシーで　<ruby>行<rt>い</rt></ruby>きます。
搭乘計程車去會場。
<ruby>試験<rt>しけん</rt></ruby>の　<ruby>会場<rt>かいじょう</rt></ruby>は　どこですか。
考試的會場在哪裡呢？

□ <ruby>旅館<rt>りょかん</rt></ruby>　　　　　　　　　　　　　旅館

例 この<ruby>旅館<rt>りょかん</rt></ruby>は　それほど　よくなかったです。
這個旅館沒有那麼好。
<ruby>旅館<rt>りょかん</rt></ruby>の　<ruby>料理<rt>りょうり</rt></ruby>は　すばらしかったです。
旅館的料理太棒了。

延 <ruby>民宿<rt>みんしゅく</rt></ruby> 民宿
ホテル 飯店

□ <ruby>受付<rt>うけつけ</rt></ruby>　　　　　　　　　　　　　受理、收發處、詢
問處、接待處

例 <ruby>姉<rt>あね</rt></ruby>は　<ruby>銀行<rt>ぎんこう</rt></ruby>で　<ruby>受付<rt>うけつけ</rt></ruby>を　して　います。
姊姊在銀行擔任詢問處的工作。
<ruby>本日<rt>ほんじつ</rt></ruby>の　<ruby>受付<rt>うけつけ</rt></ruby>は　<ruby>終了<rt>しゅうりょう</rt></ruby>しました。
本日的受理結束了。

□ **駐車場** (ちゅうしゃじょう)　　　　　　　　　停車場

例 駐車場(ちゅうしゃじょう)が　見(み)つかりません。
找不到停車場。

駅前(えきまえ)の　駐車場(ちゅうしゃじょう)は　ずいぶん　高(たか)いです。
車站前的停車場相當貴。

□ **展覧会** (てんらんかい)　　　　　　　　　展覽會

例 書道(しょどう)の　展覧会(てんらんかい)を　見(み)に　行(い)きます。
去看書法的展覽會。

油絵(あぶらえ)の　展覧会(てんらんかい)は　いつまでですか。
油畫的展覽會到什麼時候呢？

□ **美術館** (びじゅつかん)　　　　　　　　　美術館

例 このバスは　美術館(びじゅつかん)まで　行(い)きますか。
這輛巴士有到美術館嗎？

趣味(しゅみ)は　美術館(びじゅつかん)で　絵(え)を　見(み)ることです。
興趣是在美術館看畫。

延 博物館(はくぶつかん) 博物館
　　芸術(げいじゅつ) 藝術

□ **空港** (くうこう)　　　　　　　　　機場

例 空港(くうこう)には　何時(なんじ)に　着(つ)きますか。
幾點會到機場呢？

ホテルから　空港(くうこう)までは　50分(ごじゅっぷん)ほどです。
從飯店到機場50分鐘左右。

似 飛行場(ひこうじょう) 機場
延 飛行機(ひこうき) 飛機

□ **公園** こう えん　　　　　　　　　　　　　　公園

例 娘は　近所の　公園で　遊んで　います。
女兒正在附近的公園遊玩。

これから　公園の　掃除を　します。
接下來要打掃公園。

□ **動物園** どう ぶつ えん　　　　　　　　　　　動物園

例 子供たちと　動物園へ　行く予定です。
預定要和孩子們去動物園。

動物園には　たくさんの　動物が　います。
動物園有很多動物。

□ **銀行** ぎん こう　　　　　　　　　　　　　　銀行

例 銀行から　お金を　借ります。
跟銀行借錢。

銀行は　何時まで　やって　いますか。
銀行營業到幾點呢？

□ **教会** きょう かい　　　　　　　　　　　　　教會、教堂

例 日よう日は　いつも　教会へ　行きます。　　延 宗教 宗教
星期天總是上教堂。

教会で　友だちに　会いました。
在教會遇到朋友了。

□ **神社** (じんじゃ)　　　　　　　　　　　　神社

例 神社の　前に　鳥居が　あります。
(じんじゃ)　(まえ)　(とりい)
神社的前面有鳥居。

神社に　行って、参拝しました。
(じんじゃ)　(い)　(さんぱい)
去神社,然後參拜了。

□ **お寺** (てら)　　　　　　　　　　　　　佛寺、寺院

例 京都には　お寺が　たくさん　あります。　　延 お坊さん 僧侶、和尚
(きょうと)　(てら)　　　　　　　　　　　　　　(ぼう)
京都有很多寺院。

このお寺は　いつごろ　建てられましたか。
(てら)　　　　　(た)
這座寺院是何時左右建造而成的呢?

□ **床屋** (とこや)　　　　　　　　　　　　理髮店

例 月に　一度　床屋へ　行きます。　　　　延 美容院 美容院
(つき)　(いちど)(とこや)　(い)　　　　　　　　(びよういん)
每個月去一次理髮廳。　　　　　　　　　　　　　髮の毛 頭髮
　　　　　　　　　　　　　　　　　　　　　　　(かみ)(け)
駅前の　床屋は　とても　安いです。
(えきまえ)　(とこや)　　　　(やす)
車站前的理髮廳非常便宜。

□ **寝坊** (ねぼう)　　　　　　　　　　　　睡懶覺、貪睡晚起

例 木村くんは　また　寝坊ですか。　　　　延 睡眠 睡眠
(きむら)　　　　(ねぼう)　　　　　　　　　　　(すいみん)
木村同學又睡過頭了嗎?　　　　　　　　　　　　不眠 睡不著、失眠
　　　　　　　　　　　　　　　　　　　　　　　(ふみん)
寝坊で　遅刻したのは　3回目です。
(ねぼう)　(ちこく)　　　　(さんかいめ)
因睡過頭而遲到是第3次。

104

□ **習慣**
_{しゅう かん}

習慣、風俗習慣

例 悪い 習慣は やめるべきです。
_{わる} _{しゅう かん}
應戒除壞習慣。

延 慣れます 習慣、熟
_な 習、適應

国によって 習慣が ちがいます。
_{くに} _{しゅう かん}
風習會因國家而有所不同。

□ **嘘**
_{うそ}

謊言、假語

例 彼は 嘘を つくのが 下手です。
_{かれ} _{うそ} _{へた}
他很不會說謊。

延 騙します 欺騙
_{だま}

わたしは 嘘が 大嫌いです。
_{うそ} _{だいきら}
我最討厭謊言。

□ **夢**
_{ゆめ}

夢、夢想

例 将来の 夢は 何ですか。
_{しょうらい} _{ゆめ} _{なん}
將來的夢想是什麼呢？

昨日、とても 怖い 夢を 見ました。
_{きのう} _{こわ} _{ゆめ} _み
昨天，做了非常可怕的夢。

□ **日記**
_{にっ き}

日記

例 毎日、日記を つけて います。
_{まいにち} _{にっ き}
每天寫日記。

母に 日記を 読まれました。
_{はは} _{にっ き} _よ
被媽媽看了日記。

105

實力測驗！

問題1. _____ の ことばは どう よみますか。1・2・3・4から
いちばん いい ものを ひとつ えらんで ください。

1. (　) げつよう日、美術館は やすみです。
　　①びじつかん　　　　　　　②びしゅつかん
　　③びじゅつかん　　　　　　④びじょつかん

2. (　) わたしは 教会で 手伝いを して います。
　　①きょうかい　②ぎょうかい　③きょうがい　④ぎょうがい

3. (　) 神社の 中には はいれません。
　　①かみしゃ　　②かみじゃ　　③じんしゃ　　④じんじゃ

問題2. _____ の ことばは どう かきますか。1・2・3・4から
いちばん いい ものを ひとつ えらんで ください。

1. (　) むすめは どうぶつえんが だいすきです。
　　①博物館　　　②博物園　　　③動物館　　　④動物園

2. (　) いっしょに てんらんかいへ 行きませんか。
　　①展覧会　　　②展覧場　　　③展示会　　　④展示場

3. (　) くうこうまで ともだちを むかえに いきます。
　　①機港　　　②空港　　　③機場　　　④空場

問題3. (　　) に ふさわしい ものは どれですか。1・2・3・4
から いちばん いい ものを ひとつ えらんで ください。

1. デパートの (　　) は とても ひろいです。
　①こうじょう　　　　　　　②おしいれ
　③ちゅうしゃじょう　　　　④わすれもの

2. （　　　　）は　いま、かいぎしつに　いると　思います。

　　①しゅうかん　　　②おみまい　　　　③げんいん　　　　④かちょう

3. めんせつの　（　　　　）は　どちらですか。

　　①ごちそう　　　　②かいじょう　　　③さんぎょう　　　④おくじょう

問題 4. つぎの　ことばの　つかいかたで　いちばん　いい　ものを　1・2・3・4から　ひとつ　えらんで　ください。

1. ゆめ

　　①おしいれの　ゆめは　とても　にがいです。

　　②めの　中に　ゆめが　はいりました。

　　③わたしは　ほとんど　ゆめを　みません。

　　④いい　ゆめを　たべてから、でかけましょう。

2. しゅうかん

　　①あたらしい　しゅうかんを　はこうと　思います。

　　②パーティーで　しゅうかんを　きるつもりです。

　　③エスカレーターで　しゅうかんへ　いきます。

　　④しゅうかんは　なかなか　かえられません。

3. にっき

　　①いつか　にっきへ　いって　みたいです。

　　②かいぎしつは　にっきの　となりです。

　　③わたしは　えいごで　にっきを　つけて　います。

　　④あなたの　にっきは　なんばんですか。

□ **浅い** （あさい）

例 この川は　とても　浅いです。
這條河川非常淺。

経験が　浅くても　かまいません。
就算經驗很淺也沒關係。

淺的、膚淺的、
淡的

反 **深い**（ふかい） 深的、深長的、
濃厚的、茂密的

□ **深い** （ふかい）

例 今朝は　霧が　深いです。
今天早上的霧很濃。

深い　意味は　ありません。
沒有深的意思。（沒有什麼特別的意思。）

深的、深長的、濃
厚的、茂密的

反 **浅い**（あさ） 淺的、膚淺的、
淡的

□ **すごい**

例 昨日は　すごい　雨でした。
昨天下好嚇人的雨。

彼女の　演技は　すごいです。
她的演技很棒。

可怕的、嚇人的、
厲害的、了不起的

似 **すばらしい**
極優秀的、了不起的

□ **眠い** （ねむい）

例 もう　眠いので、先に　寝ます。
由於已經想睡了，就先去睡。

眠いなら、早く　寝なさい。
如果想睡的話，快去睡！

睏的、想睡覺的

似 **眠たい**（ねむたい） 睏的、想睡
覺的
延 **睡眠**（すいみん） 睡眠

108

□ **うまい**　　好吃的、巧妙的、高明的

例 母^{はは}の　料理^{りょうり}は　うまいです。
媽媽的料理很厲害。

彼^{かれ}は　サッカーが　うまいです。
他足球踢得很好。

延 すごい　厲害的、了不起的

すばらしい　極優秀的、了不起的

□ **正^{ただ}しい**　　正直的、正確的、端正的

例 どちらが　正^{ただ}しいですか。
哪一個是正確的呢？

あなたの　判断^{はんだん}は　正^{ただ}しいと　思^{おも}います。
我覺得你的判斷是正確的。

似 正確^{せいかく}　正確

□ **厳^{きび}しい**　　嚴格的、嚴厲的、嚴肅的、嚴重的

例 上司^{じょうし}は　新人^{しんじん}に　厳^{きび}しいです。
上司對新人很嚴格。

今年^{ことし}は　寒^{さむ}さが　厳^{きび}しいようです。
今年好像會冷得厲害。

反 優^{やさ}しい　溫柔的、溫和的、親切的

□ **優^{やさ}しい**　　溫柔的、溫和的、親切的

例 幼稚園^{ようちえん}の　先生^{せんせい}たちは　優^{やさ}しいです。
幼稚園的老師們很溫柔。

彼^{かれ}は　女性^{じょせい}に　優^{やさ}しいです。
他對女性很溫柔。

反 厳^{きび}しい　嚴格的、嚴厲的、嚴肅的、嚴重的

□ 怖い(こわ)
可怕的、害怕的

例 妻(つま)の 運転(うんてん)は 怖(こわ)いです。
妻子開車很恐怖。

娘(むすめ)は 雷(かみなり)が 怖(こわ)いです。
女兒怕雷。

似 恐(おそ)ろしい 可怕的、驚人的、擔心的

□ 柔(やわ)らかい
柔軟的、柔和的

例 赤(あか)ちゃんの 肌(はだ)は 柔(やわ)らかいです。
嬰兒的肌膚很柔軟。

タオルは 柔(やわ)らかい ものが いいです。
毛巾要軟一點的比較好。

反 硬(かた)い 硬的、堅固的、堅定的、緊的、可靠的、生硬的、頑固的、拘謹的、嚴厲的

□ 硬(かた)い
硬的、堅固的、堅定的、緊的、可靠的、生硬的、頑固的、拘謹的、嚴厲的

例 これは 石(いし)のように 硬(かた)いです。
這個像石頭般的堅硬。

社長(しゃちょう)の 頭(あたま)は 硬(かた)いと 思(おも)います。
我覺得社長的頭腦很呆板。

反 柔(やわ)らかい 柔軟的、柔和的

□ うれしい
開心的、歡喜的

例 そのニュースは うれしいです。
那個消息讓人很開心。

彼(かれ)に 会(あ)えて、うれしかったです。
能和他見面，很開心。

反 悲(かな)しい 悲傷的、遺憾的

□ 悲しい

悲傷的、遺憾的

例 悲しい 映画は 苦手です。
不喜歡悲傷的電影。

反 うれしい 開心的、
　　　　　歡喜的

昨日は 死ぬほど 悲しかったです。
昨天難過得要死。

□ 寂しい

寂寞的、孤單的、凄涼
的、無聊的、荒涼的、
冷清的、空虛的

例 彼が いなくて、寂しいです。
他不在，所以很寂寞。

みんなと 別れるのは 寂しいことです。
要和大家分開，是很寂寞的事情。

□ おかしい

可笑的、奇怪的、
可疑的、不合適的

例 その格好は 少し おかしいです。
那個裝扮，有點怪怪的。

似 変 奇怪、異常

彼は 頭が おかしいようです。
他的腦袋好像很怪。

□ 眠たい

睏的、想睡覺的

例 寝不足なので、とても 眠たいです。
由於睡眠不足，所以非常想睡。

似 眠い 睏的、想睡覺的
延 睡眠 睡眠

会議中、すごく 眠たかったです。
會議中，非常想睡。

□ 苦い（にがい）　　　　　　　　　　　　苦的

例 この薬（くすり）は　とても　苦（にが）いです。
這個藥非常苦。

反 甘い（あまい）　甜的

苦（にが）いものは　体（からだ）に　いいそうです。
據説苦的東西對身體好。

□ 細かい（こまかい）　　　　　　　　　　細小的、詳細的、
　　　　　　　　　　　　　　　　　　　瑣碎的

例 最近（さいきん）、細（こま）かい　しわが　増（ふ）えました。
最近細小的皺紋增加了。

細（こま）かい　ところも　掃除（そうじ）して　ください。
細微的地方也請打掃。

□ 珍しい（めずらしい）　　　　　　　　　稀奇的、罕見的、
　　　　　　　　　　　　　　　　　　　新穎的

例 彼女（かのじょ）の　名前（なまえ）は　珍（めずら）しいです。
她的名字很罕見。

この山（やま）には　珍（めずら）しい　動物（どうぶつ）が　いるそうです。
據説這座山有珍奇的動物。

□ ひどい　　　　　　　　　　　　　　　残酷的、無情的、
　　　　　　　　　　　　　　　　　　　厲害的、嚴重的

例 今朝（けさ）は　頭痛（ずつう）が　ひどいです。
今天早上頭疼得厲害。

昨日（きのう）の　試合（しあい）は　ひどかったです。
昨天的比賽很慘烈。

□ **すばらしい**

極優秀的、
了不起的

例 彼<ruby>は<rt>かれ</rt></ruby> すばらしい 先生<rt>せんせい</rt>です。
他是極優秀的老師。

似 すごい 厲害的、了不
起的

コンサートは すばらしかったです。
演奏會很棒。

□ **よろしい**

妥當的、好的、可
行的

例 ここに 座<rt>すわ</rt>っても、よろしいですか。
坐這邊也可以嗎？

似 いい 好的、可行的

どちらが よろしいですか。
哪一個好呢？

□ **美<rt>うつく</rt>しい**

美麗的、好看的、
高尚的

例 富士山<rt>ふじさん</rt>は 春<rt>はる</rt>も 冬<rt>ふゆ</rt>も 美<rt>うつく</rt>しいです。
富士山不管春天還是冬天都很美麗。

似 きれい 美麗、好看、
潔淨、完全

世界<rt>せかい</rt>で いちばん 美<rt>うつく</rt>しいと 思<rt>おも</rt>います。
我覺得（這是）世界上最美麗的。

□ **恥<rt>は</rt>ずかしい**

羞恥的、害臊的、
害羞的、慚愧的

例 歌<rt>うた</rt>が 下手<rt>へた</rt>だから、恥<rt>は</rt>ずかしいです。
因為歌唱得不好，所以很害羞。

ミスして しまい、恥<rt>は</rt>ずかしかったです。
不小心失誤，很慚愧。

實力測驗！

問題 1. _____ の　ことばは　どう　よみますか。1・2・3・4から　いちばん　いい　ものを　ひとつ　えらんで　ください。

1. (　　) このタオルは　とても　柔らかいです。
　　　①らや　　　　②わや　　　　③やら　　　　④やわ

2. (　　) 文字が　細かくて、よく　見えません。
　　　①ほそ　　　　②こま　　　　③さい　　　　④ちい

3. (　　) きのう　ねて　いないので、眠いです。
　　　①ねな　　　　②ねむ　　　　③みな　　　　④みね

問題 2. _____ の　ことばは　どう　かきますか。1・2・3・4から　いちばん　いい　ものを　ひとつ　えらんで　ください。

1. (　　) ちちは　あにに　とても　きびしいです。
　　　①厳　　　　②怒　　　　③酷　　　　④怖

2. (　　) このおさらは　おおきいですが、あさいです。
　　　①狭　　　　②浅　　　　③小　　　　④細

3. (　　) はずかしいから、やめて　ください。
　　　①悲　　　　②羞　　　　③恥　　　　④痛

問題 3. (　　　　) に　ふさわしい　ものは　どれですか。1・2・3・4から　いちばん　いい　ものを　ひとつ　えらんで　ください。

1. こんかいの　しけんの　てんは　(　　　　) です。
　　①にがかった　　　②かゆかった　　　③ひどかった　　　④しろかった

114

2. かのじょの　えんぎは　たいへん　（　　　　）です。

①おいしかった　　　　　　　　　　②きたなかった

③ただしかった　　　　　　　　　　④すばらしかった

3. がっこうの　プールは　（　　　　）ないです。

①ふかい　　　　　②ふかく　　　　　③からい　　　　　④からく

問題 4. つぎの　ことばの　つかいかたで　いちばん　いい　ものを　1・2・3・4から　ひとつ　えらんで　ください。

1. さびしい

①かれが　いえに　いないと　さびしいです。

②ぶちょうの　ぎじゅつは　とても　さびしいです。

③みぎに　いくと、さびしい　ぎんこうが　あります。

④じしんの　ときは　さびしい　ばしょへ　かくれましょう。

2. おかしい

①りょこうの　おかしい　ひにちが　きまりました。

②くうきは　にんげんに　おかしい　ものです。

③かれは　わたしに　とって　おかしいです。

④さいきん　体の　ちょうしが　おかしいです。

3. めずらしい

①きのう　てつやだったから、いま　めずらしいです。

②こうえんに　めずらしい　花が　さいて　います。

③これは　からだに　めずらしい　たべものです。

④べんきょうしなかったから、めずらしい　せいせきでした。

□ **必要**（ひつよう） 必需、必要

例 入院（にゅういん）に 必要（ひつよう）な ものは 何（なん）ですか。
住院必需的東西是什麼呢？

彼（かれ）は この会社（かいしゃ）に 必要（ひつよう）な 人（ひと）です。
他是這家公司必要的人。

□ **簡単**（かんたん） 簡單、簡略

例 簡単（かんたん）な 料理（りょうり）しか 作（つく）れません。
只會做簡單的料理。

反 難（むずか）しい 難理解的、困難的

複雑（ふくざつ） 複雜

簡単（かんたん）な 会話（かいわ）なら できます。
如果是簡單的會話，會說。

□ **複雑**（ふくざつ） 複雜

例 ちょっと 複雑（ふくざつ）な 気持（きも）ちです。
心情有點複雜。

反 簡単（かんたん） 簡單、簡略

複雑（ふくざつ）な 作業（さぎょう）は 苦手（にがて）です。
怕複雜的操作。

□ **丁寧**（ていねい） 有禮貌、恭敬、鄭重其事、小心謹慎、非常仔細

例 もっと 丁寧（ていねい）に 教（おし）えて ください。
請更仔細地告訴我。

彼女（かのじょ）は 丁寧（ていねい）な 話（はな）し方（かた）を します。
她用有禮貌的說話方式說話。

□ 安全
<ruby>安<rt>あん</rt></ruby><ruby>全<rt>ぜん</rt></ruby>

安全、保險

例 <ruby>安<rt>あん</rt></ruby><ruby>全<rt>ぜん</rt></ruby>な　<ruby>距<rt>きょ</rt></ruby><ruby>離<rt>り</rt></ruby>を　<ruby>保<rt>たも</rt></ruby>ちます。
保持安全的距離。

<ruby>日<rt>に</rt></ruby><ruby>本<rt>ほん</rt></ruby>は　<ruby>世<rt>せ</rt></ruby><ruby>界<rt>かい</rt></ruby><ruby>一<rt>いち</rt></ruby>　<ruby>安<rt>あん</rt></ruby><ruby>全<rt>ぜん</rt></ruby>な　<ruby>国<rt>くに</rt></ruby>です。
日本是世界第一安全的國家。

反 <ruby>危<rt>き</rt></ruby><ruby>険<rt>けん</rt></ruby> 危險
<ruby>危<rt>あぶ</rt></ruby>ない 危險的、令人擔心的

□ 危険
<ruby>危<rt>き</rt></ruby><ruby>険<rt>けん</rt></ruby>

危險

例 <ruby>祖<rt>そ</rt></ruby><ruby>父<rt>ふ</rt></ruby>は　<ruby>今<rt>いま</rt></ruby>、<ruby>危<rt>き</rt></ruby><ruby>険<rt>けん</rt></ruby>な　<ruby>状<rt>じょう</rt></ruby><ruby>態<rt>たい</rt></ruby>です。
祖父現在是危險的狀態。

<ruby>消<rt>しょう</rt></ruby><ruby>防<rt>ぼう</rt></ruby><ruby>士<rt>し</rt></ruby>は　<ruby>危<rt>き</rt></ruby><ruby>険<rt>けん</rt></ruby>な　<ruby>仕<rt>し</rt></ruby><ruby>事<rt>ごと</rt></ruby>です。
消防員是危險的工作。

似 <ruby>危<rt>あぶ</rt></ruby>ない 危險的
反 <ruby>安<rt>あん</rt></ruby><ruby>全<rt>ぜん</rt></ruby> 安全
延 <ruby>安<rt>あん</rt></ruby><ruby>心<rt>しん</rt></ruby> 安心

□ 残念
<ruby>残<rt>ざん</rt></ruby><ruby>念<rt>ねん</rt></ruby>

悔恨、懊悔、遺憾、可惜

例 <ruby>今<rt>こん</rt></ruby><ruby>回<rt>かい</rt></ruby>は　<ruby>残<rt>ざん</rt></ruby><ruby>念<rt>ねん</rt></ruby>な　<ruby>結<rt>けっ</rt></ruby><ruby>果<rt>か</rt></ruby>でした。
這次的結果很遺憾。

<ruby>残<rt>ざん</rt></ruby><ruby>念<rt>ねん</rt></ruby>な　<ruby>知<rt>し</rt></ruby>らせが　あります。
有個令人遺憾的通知。

似 <ruby>惜<rt>お</rt></ruby>しい 可惜的、遺憾的

□ 適当
<ruby>適<rt>てき</rt></ruby><ruby>当<rt>とう</rt></ruby>

適當、適合、隨隨便便、酌情

例 <ruby>適<rt>てき</rt></ruby><ruby>当<rt>とう</rt></ruby>な　<ruby>人<rt>ひと</rt></ruby>を　<ruby>選<rt>えら</rt></ruby>んで　ください。
請選擇適當的人。

<ruby>適<rt>てき</rt></ruby><ruby>当<rt>とう</rt></ruby>な　ことを　<ruby>言<rt>い</rt></ruby>うな。
不要講隨隨便便的話！

□ **大事**（だいじ）　　　　　　　　　　重要、保重、愛護

例　大事（だいじ）な　話（はなし）が　あります。　　　似　大切（たいせつ）　重要、寶貴、珍
　　有重要的事情要説。　　　　　　　　　　　　　　　　　重、愛惜
　　大事（だいじ）な　用（よう）を　思（おも）い出（だ）しました。
　　想起重要的事情了。

□ **安心**（あんしん）　　　　　　　　　　安心、放心

例　電車（でんしゃ）の　ほうが　安心（あんしん）です。　反　危険（きけん）　危険
　　電車的話比較安心。　　　　　　　　　　　　　　　　　危（あぶ）ない　危険的
　　安心（あんしん）な　食材（しょくざい）を　探（さが）します。　延　安全（あんぜん）　安全
　　找安心的食材。

□ **心配**（しんぱい）　　　　　　　　　　擔心、掛念

例　何（なに）か　心配（しんぱい）な　ことが　ありますか。
　　有什麼擔心的事情嗎？
　　結果（けっか）が　心配（しんぱい）で、よく　眠（ねむ）れませんでした。
　　擔心結果，沒辦法好好睡。

□ **親切**（しんせつ）　　　　　　　　　　親切、好意

例　親切（しんせつ）な　対応（たいおう）に　感謝（かんしゃ）します。
　　感謝親切的回應與對待。
　　相手（あいて）が　親切（しんせつ）な　人（ひと）で　よかったです。
　　對方是親切的人，太好了。

118

□ だめ

無用、白費、無望、壞了、不行

例 ぼくは　ほんとうに　だめな　男^{おとこ}です。
我真是沒用的男人。

台風^{たいふう}で　野菜^{やさい}が　だめに　なりました。
蔬菜因為颱風，變得不行了。

□ 無理^{む　り}

無理、不合適、硬幹、強迫

例 それは　無理^{む　り}な　要求^{ようきゅう}です。
那是無理的要求。

無理^{む　り}な　お願^{ねが}いを　して、すみません。
提出無理的請求，很抱歉。

□ 変^{へん}

奇怪、異常

例 変^{へん}な　においが　します。
有奇怪的味道。

似 おかしい　奇怪的、不正常的、可疑的

外^{そと}に　変^{へん}な　人^{ひと}が　います。
外面有奇怪的人。

□ じゃま

妨礙、干擾、打擾、累贅、添麻煩

例 彼^{かれ}は　じゃまな　存在^{そんざい}です。
他的存在很礙事。

じゃまな　ものを　排除^{はいじょ}しましょう。
排除干擾的東西吧！

□ **特別**（とくべつ）   特別、特殊、格外

例 今日（きょう）は 特別（とくべつ）な 日（ひ）です。
今天是特別的日子。
娘（むすめ）は 特別（とくべつ）な 才能（さいのう）を 持（も）って います。
女兒有特殊的才能。

□ **不便**（ふべん）   不方便

例 田舎（いなか）は 不便（ふべん）な ことが 多（おお）いです。   反 便利（べんり）便利、方便
郷下不方便的事情很多。
不便（ふべん）な ところに 住（す）んで います。
住在不方便的地方。

□ **まじめ**   認真、老實、踏實、嚴肅、誠實、正派、正經

例 父（ちち）は たいへん まじめな 人（ひと）です。
父親是非常認真的人。
もっと まじめに 練習（れんしゅう）しなさい。
要更認真練習！

□ **盛ん**（さか）   旺盛、繁盛、盛行、熱烈

例 テニスが 盛（さか）んな 国（くに）は どこですか。
網球盛行的國家是哪裡呢？
最近（さいきん）、工業（こうぎょう）が 盛（さか）んに なりました。
最近，工業變得繁盛了。

□ 十分（じゅうぶん）　　　　　　　　　　　　　　　十足、充分

例 十分（じゅうぶん）な　睡眠（すいみん）が　必要（ひつよう）です。
充分的睡眠是必要的。

彼（かれ）には　十分（じゅうぶん）な　時間（じかん）が　ありません。
他沒有充裕的時間。

□ 確（たし）か　　　　　　　　　　　　　　　　　確實、可靠、正確

例 それは　確（たし）かな　ニュースですか。　　似 確実（かくじつ）　確實、可靠
那是可靠的消息嗎？

確（たし）かな　根拠（こんきょ）は　ありません。
沒有確實的根據。

□ 自由（じゆう）　　　　　　　　　　　　　　　　自由、任意

例 もっと　自由（じゆう）な　時間（じかん）が　ほしいです。
想要有更自由的時間。

部屋（へや）を　自由（じゆう）に　使（つか）って　ください。
請任意使用房間。

□ 熱心（ねっしん）　　　　　　　　　　　　　　　熱心、熱情、熱誠

例 彼（かれ）は　とても　熱心（ねっしん）な　先生（せんせい）です。　　似 一生懸命（いっしょうけんめい）　拚命
他是非常熱心的老師。

わたしは　熱心（ねっしん）な　生徒（せいと）が　好（す）きです。
我喜歡用功的學生。

實力測驗！

問題 1. _____ の ことばは どう よみますか。1・2・3・4から いちばん いい ものを ひとつ えらんで ください。

1. (　　) この国は テニスが 盛んです。
　　　①たかん　　　②さかん　　　③やかん　　　④せかん

2. (　　) 危険な ばしょで あそばないで ください。
　　　①きかん　　　②ききん　　　③きそん　　　④きけん

3. (　　) 複雑な けいさんは できません。
　　　①ふうぞう　　　②そうざつ　　　③ふくざつ　　　④そうぞう

問題 2. _____ の ことばは どう かきますか。1・2・3・4から いちばん いい ものを ひとつ えらんで ください。

1. (　　) 木村さんは とても しんせつな 人です。
　　　①熱心　　　②親切　　　③真剣　　　④認真

2. (　　) 門の ところに へんな 人が たって います。
　　　①奇　　　②変　　　③妙　　　④怪

3. (　　) えきまで とおいから、ふべんです。
　　　①不便　　　②不役　　　③無便　　　④無役

問題 3. (　　　　) に ふさわしい ものは どれですか。1・2・3・4 から いちばん いい ものを ひとつ えらんで ください。

1. わたしに とって、かのじょは (　　　　) な 存在です。
　　　①むり　　　②きゅう　　　③とくべつ　　　④ねっしん

2. しあいに　まけて、とても　（　　　　　）です。

　　①ざんねん　　　②かんたん　　　③しんせつ　　　④あんぜん

3. もっと　（　　　　　）に　おしえて　ください。

　　①てきとう　　　②ひつよう　　　③ていねい　　　④ふくざつ

問題4. つぎの　ことばの　つかいかたで　いちばん　いい　ものを　1・2・3・4から　ひとつ　えらんで　ください。

な形容詞

1. じゅうぶん

　　①アメリカは　とても　じゅうぶんな　くにです。

　　②じゅうぶんな　すいみんが　ひつようです。

　　③やまだせんせいは　じゅうぶんな　せんせいです。

　　④りょこうの　じゅうぶんな　ひにちが　きまりました。

2. ざんねん

　　①くうきは　にんげんに　ざんねんな　ものです。

　　②あした　ざんねんな　きせつが　あります。

　　③じしんの　ときは　ざんねんな　ばしょに　かくれなさい。

　　④こんかいは　ざんねんな　けっかでした。

3. かんたん

　　①もっと　かんたんな　ほうほうは　ありませんか。

　　②ひるやすみは　かんたんでは　ありません。

　　③まいばん　つまと　ビールを　のむのが　かんたんです。

　　④ひとまえで　かんたんな　ことを　しないで　ください。

□ **選びます**　えら　　　　　　　　　　　挑選、選擇

例 あなたは　どちらを　選びますか。
你要選擇哪一個呢？
母の　日の　プレゼントを　選びます。
挑選母親節的禮物。

□ **思います**　おも　　　　　　　　　　想、認為、覺得、
　　　　　　　　　　　　　　　　　　決心、預料、思念

例 わたしも　そう　思います。　　　延 考えます 想、思索、
我也那麼覺得。　　　　　　　　　　　　　かんが　考慮
会社を　辞めようと　思います。
我想辭職。

□ **合います**　あ　　　　　　　　　　　準確、適合、符
　　　　　　　　　　　　　　　　　　合、合算

例 あなたの　口に　合いましたか。
合你的口味了嗎？
2人は　性格が　ぜんぜん　合いません。
2人的個性完全不合。

□ **笑います**　わら　　　　　　　　　　笑、嘲笑

例 もう　笑わないで　ください。　　　延 微笑みます 微笑
請不要再笑了。　　　　　　　　　　　　ほほえ
父は　テレビを　見ながら、笑って　います。　笑顔 笑容
父親一邊看電視，一邊笑著。　　　　　　えがお

□ 泣きます

哭泣、傷心、發愁

例 娘は　すぐ　泣きます。
女兒容易哭。

延 涙 涙

彼は　強いから、泣くはずが　ありません。
他很堅強，不可能會哭。

□ 怒ります

怒、生氣、責備、申斥

例 あの先生は　いつも　怒って　います。
那個老師總是在生氣。

似 叱ります 申斥、責備

弟は　怒られて、泣いて　います。
弟弟被罵，正在哭。

□ 打ちます

打、敲、拍、製造、打動

例 同僚に　メールを　打ちます。
發電子郵件給同事。

彼の　言葉は　わたしの　心を　打ちました。
他的言語打動了我的心。

□ 決めます

規定、確定、決定、決心

例 次の　目標を　決めましょう。
決定下一個目標吧！

それは　法律で　決められて　います。
那個是法律規定。

□ **決まります** 定、決定

例 来週の 予定が 決まりました。
下週的預定行程決定了。

注文が 決まりましたら、おっしゃって ください。
如果（您）要點的東西決定了的話，請跟我說。

□ **作ります** 做、作、製造、打
扮、栽培、假裝

例 今から 朝食を 作ります。
現在開始要做早餐。

パーティーの 前に 料理を 作って おきます。
宴會之前，事先做菜。

□ **残ります** 留下、遺留、剩下

例 教室には 誰も 残って いません。
誰都沒有留在教室。

料理は 残っても かまいません。
菜剩下也沒有關係。

似 余ります 餘、剩、
超過

□ **生きます** 活、活著、謀生、
有效、有生氣

例 苦しくても、がんばって 生きます。
就算辛苦，也要努力活著。

祖母は 心の 中で ずっと 生きて います。
祖母一直活在心中。

反 死にます 死
亡くなります 死、
死去

延 命 命、生命

126

□ 考えます <ruby>考<rt>かんが</rt></ruby>えます

例 <ruby>将来<rt>しょうらい</rt></ruby>に ついて <ruby>考<rt>かんが</rt></ruby>えます。
就將來思考。

もっと まじめに <ruby>考<rt>かんが</rt></ruby>えなさい。
要更認真思考！

想、思索、考慮、
預料、有～看法、
打算、回想

延 <ruby>思<rt>おも</rt></ruby>います
　　想、認為、覺得

□ <ruby>始<rt>はじ</rt></ruby>めます

例 シャワーを <ruby>浴<rt>あ</rt></ruby>びたら、<ruby>宿題<rt>しゅくだい</rt></ruby>を <ruby>始<rt>はじ</rt></ruby>めます。
淋浴後，開始寫作業。

<ruby>10時<rt>じゅうじ</rt></ruby>から <ruby>会議<rt>かいぎ</rt></ruby>を <ruby>始<rt>はじ</rt></ruby>めましょう。
從10點開始會議吧！

（事物的）開始、
開創、著手、犯
（老毛病）

反 <ruby>終<rt>お</rt></ruby>えます
　　做完、完成、結束

□ <ruby>止<rt>と</rt></ruby>めます

例 <ruby>今<rt>いま</rt></ruby> すぐ <ruby>水<rt>みず</rt></ruby>を <ruby>止<rt>と</rt></ruby>めなさい。
現在立刻關水！

<ruby>8秒間<rt>はちびょうかん</rt></ruby>、<ruby>息<rt>いき</rt></ruby>を <ruby>止<rt>と</rt></ruby>めて ください。
請停止呼吸8秒鐘。

停止、遏止、關
上、勸阻、把～固
定住

□ <ruby>辞<rt>や</rt></ruby>めます

例 <ruby>娘<rt>むすめ</rt></ruby>は アルバイトを <ruby>辞<rt>や</rt></ruby>めるそうです。
聽説女兒要辭掉打工。

<ruby>来月<rt>らいげつ</rt></ruby>、<ruby>会社<rt>かいしゃ</rt></ruby>を <ruby>辞<rt>や</rt></ruby>めます。
下個月，要跟公司辭職。

辭（職）、罷、退
（學）

似 <ruby>辞職<rt>じしょく</rt></ruby> 辭職
延 <ruby>仕事<rt>しごと</rt></ruby> 工作

動詞

□ **褒めます** <ruby>褒<rt>ほ</rt></ruby>めます　　　　　　　　　　　　　褒揚、稱讚

例 <ruby>先生<rt>せんせい</rt></ruby>は　よく　<ruby>褒<rt>ほ</rt></ruby>めて　くださいます。
老師經常稱讚我。

100<ruby>点<rt>てん</rt></ruby>を　<ruby>取<rt>と</rt></ruby>って、<ruby>母<rt>はは</rt></ruby>に　<ruby>褒<rt>ほ</rt></ruby>められました。
考100分，被媽媽稱讚了。

□ **行います** <ruby>行<rt>おこな</rt></ruby>います　　　　　　　　　　　　　做、舉行、進行

例 <ruby>明日<rt>あした</rt></ruby>、<ruby>歴史<rt>れきし</rt></ruby>の　テストを　<ruby>行<rt>おこな</rt></ruby>います。　　似 <ruby>実施<rt>じっし</rt></ruby> 實施
明天要進行歷史的測驗。

<ruby>来月<rt>らいげつ</rt></ruby>から　<ruby>工事<rt>こうじ</rt></ruby>を　<ruby>行<rt>おこな</rt></ruby>うそうです。
據説要從下個月開始進行工事。

□ **空きます** <ruby>空<rt>あ</rt></ruby>きます　　　　　　　　　　　　　空、空閒、缺額、騰出

例 この<ruby>席<rt>せき</rt></ruby>は　<ruby>空<rt>あ</rt></ruby>いて　いますか。　　　　延 <ruby>空白<rt>くうはく</rt></ruby> 空白
這個位子空著嗎？　　　　　　　　　　　　　　　　<ruby>空席<rt>くうせき</rt></ruby> 空位
　　　　　　　　　　　　　　　　　　　　　　　　　<ruby>空室<rt>くうしつ</rt></ruby> 空屋、空房
ホテルの　<ruby>部屋<rt>へや</rt></ruby>は　<ruby>空<rt>あ</rt></ruby>いて　いません。
飯店的房間沒有空房。

□ **写します** <ruby>写<rt>うつ</rt></ruby>します　　　　　　　　　　　　　抄、謄寫、摹寫、寫作、繪畫、拍照

例 <ruby>家族<rt>かぞく</rt></ruby>で　<ruby>写真<rt>しゃしん</rt></ruby>を　<ruby>写<rt>うつ</rt></ruby>しました。　　延 コピー 抄本、拷貝
家人一起拍照了。

<ruby>友<rt>とも</rt></ruby>だちの　ノートを　<ruby>写<rt>うつ</rt></ruby>しても　いいです。
抄朋友的筆記本也沒關係。

□ **映ります**_{うつ}

映、照、相稱

例 月が 川に 映って います。
月亮正映照在河川上。

延 映画 電影
映像 映像、影像

この鏡は 体が 全部 映ります。
這個鏡子全身都會照到。

□ **移ります**_{うつ}

遷、移、變化、傳
染、沾染

例 住所が 別の ところに 移ります。
地址會遷移到別的地方。

似 移動 移動

彼は となりの 病室に 移ったそうです。
據説他搬移到隔壁的病房了。

□ **送ります**_{おく}

送、寄、匯、傳
遞、度日、派遣、
延遲、挪動、標上

例 明日までに 送って ください。
請在明天之前送。

延 郵便局 郵局
宅急便 宅急便

お客さんに メールを 送ります。
寄電子郵件給顧客。

□ **尽くします**_つ

盡、竭盡、盡力

例 ベストを 尽くしましょう。
竭盡全力吧!

全力を 尽くして がんばります。
竭盡全力加油。

動詞

129

實力測驗！

問題 1. ＿＿＿＿＿の ことばは どう よみますか。1・2・3・4から いちばん いい ものを ひとつ えらんで ください。

1. （　　） もう いちど きちんと 考えて みます。
　　　①おしえて　　　②うえて　　　③きえて　　　④かんがえて

2. （　　） かれ 笑うことが にがてみたいです。
　　　①ひろう　　　②かこう　　　③すくう　　　④わらう

3. （　　） べつの ばしょへ 移ることに なりました。
　　　①うつる　　　②きまる　　　③すべる　　　④やめる

問題 2. ＿＿＿＿＿の ことばは どう かきますか。1・2・3・4から いちばん いい ものを ひとつ えらんで ください。

1. （　　） いまの かいしゃを やめることに しました。
　　　①辞める　　　②止める　　　③移める　　　④退める

2. （　　） すきな ものを 一つ えらんで ください。
　　　①並んで　　　②決んで　　　③選んで　　　④採んで

3. （　　） せきが あいたので、あちらへ どうぞ。
　　　①開いた　　　②生いた　　　③成いた　　　④空いた

問題 3. （　　　　）に ふさわしい ものは どれですか。1・2・3・4 から いちばん いい ものを ひとつ えらんで ください。

1. わたしは びょういんで 注射を （　　　　）ました。
　　①かまれ　　　②うたれ　　　③のまれ　　　④たべられ

2. こどもは　しかるより　（　　　　　）ほうが　成長します。

　　①ほめた　　　　　②おきた　　　　　③かいた　　　　　④きえた

3. かのじょは　失恋して　（　　　　）　います。

　　①ねむって　　　　②まわって　　　　③ないて　　　　　④こわして

問題 4. つぎの　ことばの　つかいかたで　いちばん　いい　ものを　1・
**　　　　2・3・4から　ひとつ　えらんで　ください。**

1. のこります

　　①来月から　新しい　がっこうに　のこります。

　　②うそを　のこっては　いけません。

　　③あのせんせいの　はなしは　心に　のこります。

　　④出張の　ため、スーツケースに　ふくを　のこります。

2. おくります

　　①どうりょうを　くるまで　おくります。

　　②アメリカで　えいごを　おくりました。

　　③いまの　いがくは　とても　おくって　います。

　　④しょうらいの　ことを　せんせいに　おくります。

3. とめます

　　①しゅうまつ　えいがかんへ　とめるつもりです。

　　②これは　いたみを　とめる薬です。

　　③待ちましたが、とうとう　かれは　とめました。

　　④パーティーには　もちろん　とめます。

動詞

□ **勝ちます**〔か〕　　　　　　　　　　勝、勝過

例 テニスの　試合で　彼に　勝ちました。　　反 負けます　輸、敗
在網球比賽贏他了。

彼女は　きっと　勝つと　思います。
我覺得她一定會贏。

□ **負けます**〔ま〕　　　　　　　　　　輸、敗、屈服、經
　　　　　　　　　　　　　　　　　　不住、減價

例 数学の　テストも　彼に　負けました。　　反 勝ちます　勝、勝過
數學的考試也是輸給他了。

もう　二度と　彼に　負けたくないです。
再也不想輸他了。

□ **配ります**〔くば〕　　　　　　　　　分配、分送、部
　　　　　　　　　　　　　　　　　　署、注意

例 子供たちに　お菓子を　配ります。
發給孩子們零食。

プリントを　配って　ください。
請發講義。

□ **喜びます**〔よろこ〕　　　　　　　　歡喜、高興、喜
　　　　　　　　　　　　　　　　　　悅、愉快地接受

例 彼は　合格して、喜んで　います。　　延 悲しみます　感到悲
他考上了，很高興。　　　　　　　　　　　　　　　傷、可悲

この知らせを　聞いたら、喜ぶと　思います。　延 笑顔　笑容
我想聽到這個消息的話，會很高興。　　　　　　笑います　笑

132

□ 触ります   触、摸、參與

例 虫を 触ることが できません。   似 触れます 摸、觸碰、
不敢摸蟲。   涉及

作品に 触らないで ください。
請不要觸碰作品。

□ 叱ります   申斥、責備

例 母が 妹を 叱って います。   延 怒ります 生氣、申
媽媽正在罵妹妹。   斥、責備

わたしは 授業中、先生に 叱られました。
我在上課時被老師罵了。

□ 寄ります   靠近、預料到、聚
                                              集、（年齡）增
                                              長、順路

例 大きい 船が 港に 寄ります。
大船靠港。

危ないから、脇に 寄って ください。
很危險，所以請靠邊。

□ 過ぎます   （時間、日期、期
                                              限、地點）過、經
                                              過、越過

例 飛行機が 上空を 過ぎました。   延 過去 過去
飛機越過上空了。   時間 時間

つらい 時期は もう 過ぎました。
痛苦的時期已經過了。

動詞

133

□ できます

會、辦得到、做好、建立、形成、發生、出色

例 妹は いろいろな 楽器が できます。
妹妹會各式各樣的樂器。

車の 運転は できますか。
會開車嗎？

反 できません 不會

□ 似ます

像、似

例 あの姉妹は とても 似て います。
那對姉妹非常相像。

いっしょに 生活して いれば、似て きます。
越是一起生活，就會越相似。

延 そっくり 一模一樣

□ 受けます

接受、受到、接（球、電話）

例 検査を 受けることに しました。
決定接受檢查了。

祖父は 昨夜 心臓の 手術を 受けました。
祖父昨晚接受心臟手術了。

□ 掛けます

掛、戴上、蓋上、澆、撒、花費、乘、打（電話、招呼）

例 あとで 部長に 電話を 掛けるつもりです。
等一下打算要打電話給部長。

帽子を 壁に 掛けましょう。
把帽子掛在牆上吧！

□ 遅れます

遲、誤、耽誤、
晚、慢、過時

例 会議に　遅れるかもしれません。
開會可能會遲到。

似 遅刻　遲到

延 間に合います　來得及
　　間に合いません
　　來不及

雨で　試合の　時間が　遅れるそうです。
據說因為下雨，比賽的時間會耽誤。

□ 通います

來往、經常來往、
定期來往、流通

例 娘は　来年から　幼稚園に　通います。
女兒從明年開始上幼稚園。

延 通勤　通勤
　　通学　通學

彼は　寮から　通って　いるようです。
他好像是從宿舍通學的樣子。

□ 動きます

動、移動、搖動、
變動、活動、轉動

動
詞

例 オートバイが　動きません。
摩托車不動。

危ないから、そこを　動くな。
很危險，所以在那裡不要動！

□ 続けます

連續、繼續、連接
在一起

例 日本語の　勉強を　続けて　います。
持續著日語的學習。

話を　続けて　ください。
請繼續話題。

□ **続きます**

<ruby>続<rt>つづ</rt></ruby>きます

繼續、連續、相連、跟著、次於

例 <ruby>最近<rt>さいきん</rt></ruby>は　<ruby>悲<rt>かな</rt></ruby>しいことばかり　<ruby>続<rt>つづ</rt></ruby>きます。
最近淨是悲傷的事情接踵而來。

この<ruby>雨<rt>あめ</rt></ruby>は　いつまで　<ruby>続<rt>つづ</rt></ruby>きますか。
這雨是要連續下到什麼時候啊？

□ **開きます**

<ruby>開<rt>ひら</rt></ruby>きます

打開、開放、敞開、（兩種事物）差距大、開始

例 テストの　<ruby>時<rt>とき</rt></ruby>、<ruby>教科書<rt>きょうかしょ</rt></ruby>は　<ruby>開<rt>ひら</rt></ruby>かないで　ください。
考試時，請不要打開教科書。

<ruby>風<rt>かぜ</rt></ruby>で　ドアが　<ruby>自然<rt>しぜん</rt></ruby>に　<ruby>開<rt>ひら</rt></ruby>きました。
門因為風自然打開了。

□ **戻ります**

<ruby>戻<rt>もど</rt></ruby>ります

返回、恢復

例 <ruby>自分<rt>じぶん</rt></ruby>の　<ruby>席<rt>せき</rt></ruby>に　<ruby>戻<rt>もど</rt></ruby>ります。
回自己的座位。

似 <ruby>帰<rt>かえ</rt></ruby>る 回去、回來

そろそろ　<ruby>戻<rt>もど</rt></ruby>る<ruby>時間<rt>じかん</rt></ruby>です。
差不多是該回去的時間了。

□ **探します**

<ruby>探<rt>さが</rt></ruby>します

找、尋找

例 <ruby>何<rt>なに</rt></ruby>を　<ruby>探<rt>さが</rt></ruby>して　いますか。
在找什麼呢？

<ruby>楽<rt>らく</rt></ruby>な　アルバイトを　<ruby>探<rt>さが</rt></ruby>したいです。
想找輕鬆的打工。

□ 運<ruby>はこ</ruby>びます

運送、搬運、移步、進展

似 運搬 搬運

例 この荷物<ruby>にもつ</ruby>を　運<ruby>はこ</ruby>んで　ください。
請搬運這個行李。

トラックで　木材<ruby>もくざい</ruby>を　運<ruby>はこ</ruby>びます。
用卡車運送木材。

□ 進<ruby>すす</ruby>みます

向前、前進、（鐘）快、進展、加重

例 前<ruby>まえ</ruby>に　進<ruby>すす</ruby>んで　ください。
請往前。

時間<ruby>じかん</ruby>は　どんどん　進<ruby>すす</ruby>みます。
時間不斷向前。

□ 上<ruby>あ</ruby>がります

上、登、上學、登陸、升起、提高、上漲、完了

反 下がります 下降、降落、降低

例 石油<ruby>せきゆ</ruby>の　値段<ruby>ねだん</ruby>が　また　上<ruby>あ</ruby>がりました。
石油的價格又上漲了。

肩<ruby>かた</ruby>が　痛<ruby>いた</ruby>くて、上<ruby>うえ</ruby>に　上<ruby>あ</ruby>がりません。
肩膀痛，舉不起來。

□ 下<ruby>さ</ruby>がります

下降、降落、降低、後退、放學

反 上がります 上、登、升

例 温度<ruby>おんど</ruby>が　急<ruby>きゅう</ruby>に　下<ruby>さ</ruby>がりました。
溫度突然下降了。

来年<ruby>らいねん</ruby>から　給料<ruby>きゅうりょう</ruby>が　下<ruby>さ</ruby>がるそうです。
據說從明年開始，薪水要降。

動詞

實力測驗！

問題 1. _____ の ことばは どう よみますか。1・2・3・4から
いちばん いい ものを ひとつ えらんで ください。

1. (　) おくじょうに 上がっては いけません。
　　　①たがって　　②あがって　　③さがって　　④すがって

2. (　) わたしは かいしゃへ バスで 通って います。
　　　①かえって　　②かよって　　③とおって　　④こまって

3. (　) その絵に 触らないで ください。
　　　①あがらないで　　　　　　②さわらないで
　　　③しばらないで　　　　　　④こすらないで

問題 2. _____ の ことばは どう かきますか。1・2・3・4から
いちばん いい ものを ひとつ えらんで ください。

1. (　) あめの 日が つづいて います。
　　　①継いて　　②延いて　　③長いて　　④続いて

2. (　) きょうは もう かいしゃへ もどりません。
　　　①帰りません　　　　　　②退りません
　　　③戻りません　　　　　　④返りません

3. (　) むすこの ねつが さがりません。
　　　①上がりません　　　　　②下がりません
　　　③前がりません　　　　　④後がりません

問題3.（　　　　）に　ふさわしい　ものは　どれですか。1・2・3・4
　　　　から　いちばん　いい　ものを　ひとつ　えらんで　ください。

1. でんしゃが　45ふんも　（　　　　）。
　　①おくれました　　②かかりました　　③たたみました　　④こわれました

2. しょくじの　じゅんびが　（　　　　）。
　　①すべりました　　②おこりました　　③できました　　　④かまいました

3. もう　やくそくの　じかんが　（　　　　）。
　　①すぎました　　②すみました　　　③かけました　　　④かいました

問題4. つぎの　ことばの　つかいかたで　いちばん　いい　ものを　1・
　　　　2・3・4から　ひとつ　えらんで　ください。

1. にます
　　①むかしの　ことを　にました。
　　②どこかで　さいふを　にたようです。
　　③むすめは　ははおやに　よく　にて　います。
　　④コンサートの　きっぷを　にましょう。

2. まけます
　　①にほんは　サッカーで　また　まけました。
　　②こうえんに　さくらが　まけて　います。
　　③そとで　へんな　おとが　まけました。
　　④ざんねんな　けっかに　まけました。

3. うけます
　　①はずかしい　ことを　うけないで　ください。
　　②とりにくと　さかなは　どちらが　うけますか。
　　③あした、めんせつを　うけることに　なって　います。
　　④いみが　わからないので、じしょを　うけます。

□ **滑ります**
<すべ>

滑行、滑動、打滑、沒考上、跌落、說漏嘴

例 バナナの 皮で 滑りました。
<かわ> <すべ>
因為香蕉皮滑倒了。

スキーで 上手に 滑れますか。
<じょう ず> <すべ>
能用滑雪板厲害地滑行嗎？

□ **積もります**
<つ>

積、堆積、累積

例 ほこりが たくさん 積もって います。
<つ>
灰塵積得很多。

今夜は 雪が 積もりそうです。
<こん や> <ゆき> <つ>
看來今晚會積雪。

□ **眠ります**
<ねむ>

睡覺、睡眠

例 うちの子は よく 眠ります。
<こ> <ねむ>
我家的小孩愛睡覺。

猫は 一日 約14時間も 眠ります。
<ねこ> <いちにち> <やくじゅうよじ かん> <ねむ>
貓一天大約會睡到14個小時。

似 寝ます 躺著、睡覺
<ね>
反 起きます 起床、不睡
<お>

□ **寝ます**
<ね>

躺著、睡覺、臥病

例 娘は いつも 11時ごろ 寝ます。
<むすめ> <じゅういち じ> <ね>
女兒總是11點左右睡覺。

もう 遅いから、早く 寝なさい。
<おそ> <はや> <ね>
已經很晚了，快去睡！

似 眠ります 睡覺、睡眠
<ねむ>
反 起きます 起床、不睡
<お>

□ 足_たります

夠、足

例 台風_{たいふう}が 来_きますが、食料_{しょくりょう}は 足_たりますか。
颱風要來了，食物夠嗎？

今月_{こんげつ}も お金_{かね}が 足_たりません。
這個月錢也不夠。

反 不足_{ふそく} 不夠、不足

□ 伝_{つた}えます

傳、傳達、轉告、告訴、傳授、傳導、傳播

例 彼_{かれ}に 大事_{だいじ}な ことを 伝_{つた}えます。
將重要的事情轉達給他。

部長_{ぶちょう}に 結果_{けっか}を 伝_{つた}えました。
告訴部長結果了。

延 伝言_{でんごん}
傳話、（帶）口信

メッセージ
問候、口信、電報

□ 分_わかれます

分開、分裂、區分、劃分、分歧、區別

例 意見_{いけん}が 2_{ふた}つに 分_わかれました。
意見分成2種了。

男女_{だんじょ}に 分_わかれて、並_{なら}んで ください。
請男女分開排好。

□ 空_すきます

空、餓、閒

例 若者_{わかもの}は すぐ おなかが 空_すきます。
年輕人很容易肚子餓。

今日_{きょう}は 電車_{でんしゃ}が 空_すいて います。
今天電車很空。

延 空腹_{くうふく} 空腹
空席_{くうせき} 空位

動詞

141

□ **急ぎます** いそ

急、快

例 遅刻するから、急いで ください。 ちこく / いそ
會遲到，所以請快一點。

そんなに 急がなくても いいです。 いそ
不那麼急也沒關係。

□ **起こします** お

喚起、喚醒、扶
起、引起

例 いつも 息子を 7時に 起こします。 むすこ / しちじ / お
總是7點喚醒兒子。

毎朝、犬に 起こされます。 まいあさ / いぬ / お
每天早上都被狗叫醒。

反 **起きます** お
起、起來、立起來、
坐起來、起床、不
睡、發生

□ **落とします** お

扔下、去掉、降
低、丟失、遺漏、
攻陷、喪失

例 速すぎるから、速度を 落とします。 はや / そくど / お
因為速度太快，所以降低速度。

汚れを 落として ください。 よご / お
請去除污垢。

□ **落ちます** お

落、降落、脫落、
遺漏、沒考上、下
降、陷落、照射

例 馬から 落ちて、怪我しました。 うま / お / けが
從馬的上面跌落，受傷了。

近くに 雷が 落ちたそうです。 ちか / かみなり / お
據說雷在附近落下了。

142

□ 降（お）ります

次（つぎ）の 駅（えき）で 降（お）ります。
在下一個車站下車。

今回（こんかい）は 主役（しゅやく）を 降（お）りるつもりです。
這次打算卸下主角的身分。

下、降、下來、降落、排出、卸下、卸任、退出

□ 壊（こわ）れます

パソコンが ついに 壊（こわ）れました。
個人電腦終於壞掉了。

自転車（じてんしゃ）が 壊（こわ）れたから、直（なお）します。
因為腳踏車壞掉了，所以要修理。

壞、碎、倒塌、失敗、破裂

□ 壊（こわ）します

弟（おとうと）の おもちゃを わざと 壊（こわ）しました。
故意弄壞了弟弟的玩具。

2人（ふたり）の 関係（かんけい）を 壊（こわ）さないで ください。
請不要弄壞2個人的關係。

毀壞、弄壞、損害、破壞

□ 割（わ）れます

お皿（さら）が 割（わ）れて しまいました。
盤子破掉了。

台風（たいふう）で 窓（まど）ガラスが 割（わ）れました。
因為颱風，窗戶的玻璃破掉了。

碎、壞、破裂、裂開

動詞

143

□ 直します

訂正、修改、矯正、修理、變更

例 故障した場所を　直して　もらいます。
要請人來修理故障的地方。

まちがいを　直して　いただけませんか。
可以請您修正錯誤嗎？

□ 直ります

改正過來、修理好、復原、改成

例 時計は　自然と　直りました。
時鐘自然修好了。

悪い　癖は　なかなか　直りません。
壞習慣怎麼也改不了。

□ 治します

醫治、治療

例 風邪を　早く　治したいです。
想趕快治療感冒。

医者は　患者の　病気を　治します。
醫生治療患者的疾病。

□ 治ります

病醫好、痊癒

例 風邪は　もう　治りましたか。
感冒已經好了嗎？

骨折は　なかなか　治りません。
骨折怎麼也好不了。

□ **集<ruby>あつ<rt></rt></ruby>まります**　　　　　　　　　　　聚集、集中、收齊

例 来週<ruby>らいしゅう<rt></rt></ruby>、みんなで　学校<ruby>がっこう<rt></rt></ruby>に　集<ruby>あつ<rt></rt></ruby>まります。
下星期，大家在學校集合。

たくさんの　データが　集<ruby>あつ<rt></rt></ruby>まりました。
許多情報都收齊了。

□ **聞<ruby>き<rt></rt></ruby>こえます**　　　　　　　　　聽得見、能聽見、
　　　　　　　　　　　　　　　　　　　聽起來覺得、聞名

例 近<ruby>ちか<rt></rt></ruby>くで　鳥<ruby>とり<rt></rt></ruby>の　声<ruby>こえ<rt></rt></ruby>が　聞<ruby>き<rt></rt></ruby>こえます。
附近聽得到鳥的聲音。

変<ruby>へん<rt></rt></ruby>な　音<ruby>おと<rt></rt></ruby>が　聞<ruby>き<rt></rt></ruby>こえました。
聽到了奇怪的聲音。

動詞

□ **見<ruby>み<rt></rt></ruby>えます**　　　　　　　　　　　看得見、看起來

例 山田先生<ruby>やまだせんせい<rt></rt></ruby>は　若<ruby>わか<rt></rt></ruby>く　見<ruby>み<rt></rt></ruby>えます。
山田老師看起來很年輕。

最近<ruby>さいきん<rt></rt></ruby>、小<ruby>ちい<rt></rt></ruby>さい　字<ruby>じ<rt></rt></ruby>が　見<ruby>み<rt></rt></ruby>えません。
最近小的字都看不見。

□ **驚<ruby>おどろ<rt></rt></ruby>きます**　　　　　　　　　吃驚、驚恐、驚
　　　　　　　　　　　　　　　　　　　嘆、出乎意料

例 彼<ruby>かれ<rt></rt></ruby>は　きっと　驚<ruby>おどろ<rt></rt></ruby>くでしょう。
他一定很吃驚吧！

誰<ruby>だれ<rt></rt></ruby>もが　そのニュースに　驚<ruby>おどろ<rt></rt></ruby>きました。
誰都對那個新聞吃了一驚。

延 びっくりします
　　吃驚、嚇一跳

實力測驗！

問題1. ＿＿＿＿＿　の　ことばは　どう　よみますか。1・2・3・4から
　　　　　いちばん　いい　ものを　ひとつ　えらんで　ください。

1. （　　） どろぼうに　ドアを　壊されました。
　　　①おかされました　　　　　　　②おこされました
　　　③かわされました　　　　　　　④こわされました

2. （　　） ホテルの　へやから　うみが　見えます。
　　　①かえます　　②きえます　　③みえます　　④こえます

3. （　　） あかちゃんは　すやすや　ねむって　います。
　　　①睡って　　　②休って　　　③寝って　　　④眠って

問題2. ＿＿＿＿＿　の　ことばは　どう　かきますか。1・2・3・4から
　　　　　いちばん　いい　ものを　ひとつ　えらんで　ください。

1. （　　） こえが　ちいさくて、よく　きこえません。
　　　①届こえません　　　　　　　　②伝こえません
　　　③聞こえません　　　　　　　　④楽こえません

2. （　　） はは　けっかを　きいて、とても　おどろきました。
　　　①驚きました　　②恐きました　　③怖きました　　④喜きました

3. （　　） じしんで　まどガラスが　われたそうです。
　　　①切れた　　　②割れた　　　③落れた　　　④裂れた

問題3.（　　　　）に ふさわしい ものは どれですか。1・2・3・4 から いちばん いい ものを ひとつ えらんで ください。

1. せんせいが まちがいを （　　　　） くださいました。
   ①うませて　　　②とおして　　　③つくって　　　④なおして

2. つぎの えきで （　　　　）、バスに のりかえます。
   ①おちて　　　②かえて　　　③おりて　　　④さけて

3. ゆきが だいぶ （　　　　）。
   ①えらびました　②たおれました　③つもりました　④おこりました

問題4. つぎの ことばの つかいかたで いちばん いい ものを 1・2・3・4から ひとつ えらんで ください。

1. おちます
   ①やくそくの じかんが おちました。
   ②けいさつは わるい 人を おちます。
   ③あきに なると、はが ほとんど おちます。
   ④おなかが いたいから、おちません。

2. なおります
   ①そぼの びょうきは なおらないそうです。
   ②つよい かぜで いえが なおりました。
   ③しあいで つよい チームに なおりました。
   ④きれいな かみで なおったほうが いいです。

3. こわれます
   ①むすこは アルバイトを こわれて います。
   ②にちようび、いっしょに さかなを こわれませんか。
   ③そつぎょうしたら、ちちの しごとを こわれるつもりです。
   ④おおきい じしんで いえが こわれました。

□ **乾きます** (かわ)　　　　　　　　乾、乾燥、冷淡

例 洗濯した服が　よく　乾きました。(せんたく・ふく・かわ)　　反 湿ります 濕、潮濕 (しめ)
洗的衣服很乾了。

絵具は　なかなか　乾きません。(えのぐ・かわ)
顏料不容易乾。

□ **切ります** (き)　　　　　　　　切、割、剪、砍、伐、斷絕

例 髪を　短く　切りました。(かみ・みじか・き)　　延 ナイフ 餐刀、小刀
把頭髮剪短了。　　　　　　　　　包丁 菜刀 (ほうちょう)

料理中に　指を　切って　しまいました。(りょうり・ゆび・き)　　はさみ 剪刀
做菜的時候不小心切到指頭了。

□ **焼きます** (や)　　　　　　　　燒、焚、烤

例 豚肉は　よく　焼いて　ください。(ぶたにく・や)　　延 火 火 (ひ)
豬肉請烤熟。　　　　　　　　　オーブン 烤箱

母は　ケーキを　焼いて　います。(はは・や)
母親正在烤蛋糕。

□ **焼けます** (や)　　　　　　　　著火、燒熱、烤熟、曬黑

例 肉は　もう　焼けましたか。(にく・や)
肉已經烤熟了嗎？

海で　日に　焼けて、とても　痛いです。(うみ・ひ・や・いた)
在海邊被太陽曬傷，非常痛。

□ 煮_にます　　　　　　　　　　　　　　　　燉煮

例 何_{なに}を　煮_にて　いますか。　　　　　　延 煮物_{にもの} 燉煮的食物
在燉煮什麼呢？

強_{つよ}い　火_ひで　煮_にないほうが　いいです。
不要用大火燉煮比較好。

□ 沸_わきます　　　　　　　　　　　　沸騰、燒開、燒
　　　　　　　　　　　　　　　　　　　　　熱、歡騰

例 お湯_ゆが　沸_わいて　いるようです。
水好像沸騰了。

もう　そろそろ　お風呂_{ふろ}が　沸_わきます。
洗澡水差不多已經燒熱。

□ 炒_{いた}めます　　　　　　　　　　　　　炒

例 野菜_{やさい}と　肉_{にく}を　いっしょに　炒_{いた}めます。
把青菜和肉一起炒。

材料_{ざいりょう}を　炒_{いた}めたら、水_{みず}を　入_いれます。
把食材炒過後，加入水。

□ 揚_あげます　　　　　　　　　　　　　炸

例 てんぷらを　揚_あげましょう。
來炸天婦羅吧！

釣_つった魚_{さかな}は　油_{あぶら}で　揚_あげて、食_たべました。
釣來的魚用油炸後吃了。

動詞

□ 沸かします
わ

燒開、使～沸騰

例 お湯を 沸かして、お茶を 飲みます。
ゆ　　　わ　　　　　　　　ちゃ　　の

燒開水來喝茶。

あの司会者は 観客を 沸かすのが 上手です。
し かいしゃ　　かんきゃく　　　わ　　　　　　　じょう ず

那個司儀很會炒熱觀眾。

□ 足します
た

加、增加、補足、
辦完

例 スープに 醤油を 足します。
しょう ゆ　　　た

在湯裡加醬油。

用事を 足したら、うちへ 帰ります。
よう じ　　　た　　　　　　　　　　かえ

辦完事的話就回家。

□ 噛みます
か

咬、咀嚼

例 犬が わたしの 手を 噛みました。
いぬ　　　　　　　　て　　か

狗咬了我的手。

あの子は よく 爪を 噛んで います。
こ　　　　　　つめ　　か

那個孩子常常咬指甲。

□ 折ります
お

折、彎、折斷

例 試合中に 腕を 折りました。
し あいちゅう　　うで　　お

比賽中，折斷手腕了。

延 骨折 骨折
こっせつ

折り紙 摺紙
お　がみ

枝が 長すぎるから、折りましょう。
えだ　　なが　　　　　　　　お

樹枝太長了，所以折斷吧！

□ 折^おれます

折、折斷、吃力、
轉彎、讓步、消沉

例 強^{つよ}い 風^{かぜ}で 枝^{えだ}が 折^おれました。
因為強風，樹枝折斷了。

今^{いま}の 仕事^{しごと}は 骨^{ほね}が 折^おれます。
現在的工作很吃力。

□ 倒^{たお}れます

倒下、倒塌、倒
閉、病倒

例 台風^{たいふう}で 公園^{こうえん}の 木^きが 倒^{たお}れました。
因為颱風，公園的樹木倒了。

部長^{ぶちょう}は 働^{はたら}きすぎで 倒^{たお}れたそうです。
聽說部長因工作過度，倒下了。

□ 飾^{かざ}ります

裝飾、修飾、布置

例 クリスマスなので、部屋^{へや}を 飾^{かざ}ります。
由於聖誕節，所以要布置房間。

有名^{ゆうめい}な 絵^えを 壁^{かべ}に 飾^{かざ}りました。
把名畫裝飾在牆上了。

□ 変^かえます

變更、更改

例 旅行^{りょこう}の 予定^{よてい}を 変^かえます。
變更旅行的預定。

他^{ほか}の 色^{いろ}に 変^かえても いいですか。
可以更換成其他顏色嗎？

動詞

□ **変わります**　　　　　　　　　　　變化、改變、古怪

例 社長は 考えが 変わったようです。
社長的想法好像改變了。

彼女は 態度が よく 変わります。
她的態度經常轉變。

□ **光ります**　　　　　　　　　　　發光、耀眼

例 星が きれいに 光って います。
星星美麗地綻放著光芒。

花嫁の 指輪は 光って います。
新娘的戒指閃閃發光。

□ **曲がります**　　　　　　　　彎、彎曲、轉彎、
　　　　　　　　　　　　　　　歪曲、不合道理、
　　　　　　　　　　　　　　　傾斜、乖僻

例 次の 角を 曲がります。
在下一個轉角轉彎。

祖父は 腰が かなり 曲がって います。
祖父的腰相當彎曲。

□ **回ります**　　　　　　　　　轉、旋轉、轉動、
　　　　　　　　　　　　　　　巡視、周遊、繞
　　　　　　　　　　　　　　　道、（依次）傳遞

例 子犬が わたしの 周りを 回ります。
小狗在我身邊繞圈圈。

忙しくて 目が 回りそうです。
忙到好像快頭暈眼花。

152

□ **植^うえます**　　　　　　　　　　　　　　　種、植

例　庭^{にわ}に　いろいろな　花^{はな}を　植^うえます。　　　　延 植^{しょくぶつ}物 植物
　　在庭園裡種植各式各樣的花。

　　みんなで　田^たに　苗^{なえ}を　植^うえました。
　　大家一起把秧苗栽種到田裡了。

□ **逃^にげます**　　　　　　　　　　　　　　　逃走、躲避

例　犯人^{はんにん}は　まだ　逃^にげて　いるそうです。
　　據說犯人還在逃。

　　泥棒^{どろぼう}は　警察^{けいさつ}から　逃^にげます。
　　小偷從警察手中逃走。

□ **捕^{つか}まえます**　　　　　　　　　　　　　　抓住、逮捕

例　警察^{けいさつ}は　泥棒^{どろぼう}を　捕^{つか}まえます。
　　警察抓小偷。

　　あそこに　いる虫^{むし}を　捕^{つか}まえて　ください。
　　請把在那裡的蟲抓起來。

□ **迎^{むか}えます**　　　　　　　　　　　　　　　迎接、迎合、來臨

例　今年^{ことし}は　新入社員^{しんにゅうしゃいん}を　16人^{じゅうろくにん}　迎^{むか}えます。
　　今年將迎來新進員工16人。

　　ついに　試験^{しけん}の　日^ひを　迎^{むか}えました。
　　考試的日子終於來臨了。

實力測驗！

問題 1. ＿＿＿＿＿の　ことばは　どう　よみますか。1・2・3・4から
いちばん　いい　ものを　ひとつ　えらんで　ください。

1. (　　) おゆを　沸かして　もらえますか。

①さかして　　　②すかして　　　③わかして　　　④かかして

2. (　　) ねこに　ゆびを　噛まれました。

①かまれました　　　　　②もまれました
③すまれました　　　　　④うまれました

3. (　　) つぎに　にくを　炒めましょう。

①かためましょう　　　　②いためましょう
③くろめましょう　　　　④するめましょう

問題 2. ＿＿＿＿＿の　ことばは　どう　かきますか。1・2・3・4から
いちばん　いい　ものを　ひとつ　えらんで　ください。

1. (　　) すごい　かぜで　にわの　木が　おれました。

①倒れました　　②落れました　　③折れました　　④切れました

2. (　　) そらで　何かが　ひかって　います。

①煌って　　　　②輝って　　　　③明って　　　　④光って

3. (　　) けっこんして、ことしで　5年を　むかえます。

①催えます　　　②望えます　　　③迎えます　　　④祝えます

問題 3. (　　　) に　ふさわしい　ものは　どれですか。1・2・3・4
から　いちばん　いい　ものを　ひとつ　えらんで　ください。

1. けいさつは　ついに　どろぼうを　(　　　　)。
　　①とおりました　　②つかまえました　③まちがえました　④はこびました

2. パーティーの　かいじょうを　(　　　　)。
　　①はらいます　　　②もどります　　　③おこります　　　④かざります

3. むすこの　ために　にくを　たくさん　(　　　　)。
　　①あがりましょう　②やきましょう　　③ほめましょう　　④おりましょう

問題 4. つぎの　ことばの　つかいかたで　いちばん　いい　ものを　1・
2・3・4から　ひとつ　えらんで　ください。

1. かわきます
　　①あねが　わたしに　アクセサリーを　かわきました。
　　②かみが　ながいから、なかなか　かわきません。
　　③かわかないと、バスの　じかんに　まにあいません。
　　④このスーツは　あに　に　よく　かわくと　おもいます。

2. あげます
　　①おとうさんは　いま、いえに　あげますか。
　　②やさいに　粉を　つけて、あげましょう。
　　③パーティーには　ひとが　たくさん　あげました。
　　④さいごの　でんしゃに　やっと　あげました。

3. わきます
　　①でんわが　わいて　います。
　　②いもうとは　すぐ　わきます。
　　③おふろは　もう　わきました。
　　④きのうは　ほしが　たくさん　わきました。

動詞

155

□ **払います**
<small>はら</small>

拂、揮、支付、表示

例 お金は レジで 払います。
<small>かね</small> <small>はら</small>
錢是在收銀台付。

現金で 払っても いいですか。
<small>げんきん</small> <small>はら</small>
可以用現金支付嗎？

似 **支払います** 支付
<small>しはら</small>

□ **拾います**
<small>ひろ</small>

拾、撿

例 海岸で 貝殻を 拾いましょう。
<small>かいがん</small> <small>かいがら</small> <small>ひろ</small>
在海邊撿貝殼吧！

ごみを 拾って、ごみ箱に 捨てます。
<small>ひろ</small> <small>ばこ</small> <small>す</small>
撿起垃圾，丟到垃圾桶。

反 **捨てます** 拋棄、扔掉

□ **住みます**
<small>す</small>

居住、棲息

例 来年から アメリカに 住む予定です。
<small>らいねん</small> <small>す</small> <small>よてい</small>
預定從明年開始住在美國。

兄は 会社の 寮に 住んで います。
<small>あに</small> <small>かいしゃ</small> <small>りょう</small> <small>す</small>
哥哥住在公司的宿舍。

延 **家** 房屋、家
<small>いえ</small>
  アパート 公寓
  マンション 華廈

□ **生まれます**
<small>う</small>

生、出生、誕生、產生

例 兄夫婦に 赤ちゃんが 生まれました。
<small>あにふうふ</small> <small>あか</small> <small>う</small>
哥哥嫂嫂的嬰兒誕生了。

新記録が 生まれそうです。
<small>しんきろく</small> <small>う</small>
新紀錄看來要產生了。

似 **産まれます** 生、出生

延 **アイデア** 想法、點子

□ 死にます ^し　　　　　　　　　　　　死

例 兄の　ペットが　死にました。
哥哥的寵物死掉了。

　　延 亡くなります 去世
　　　墓 墳墓

つかれて、死にそうです。
累得好像快死了。

□ 済みます ^す　　　　　　　　　　　　完了、終結、可以
　　　　　　　　　　　　　　　　　　　解決

例 近所の　工事が　やっと　済みました。
附近的工程總算結束了。

仕事が　済んだら、すぐ　帰ります。
工作結束後，馬上回家。

□ 楽しみます ^{たの}　　　　　　　　　　享受、期待、欣賞

例 海外の　生活を　楽しみましょう。
享受國外的生活吧！

　　延 冬休み 寒假
　　　休日 休假日

家族で　夏休みを　楽しみます。
家人一起享受暑假。

□ 釣ります ^つ　　　　　　　　　　　　釣、誘騙

例 海で　魚を　釣ります。
在海邊釣魚。

　　延 魚釣り 釣魚

これは　魚を　釣るための　道具です。
這是為了釣魚的工具。

□ 通（とお）ります
通過、穿過、暢
通、通順

例 もっと　近（ちか）い　道（みち）を　通（とお）りましょう。
走更近的道路吧！

緊張（きんちょう）して、食（た）べ物（もの）が　喉（のど）を　通（とお）りません。
因為緊張，食物吞不下喉嚨。

□ 太（ふと）ります
肥胖

例 夫（おっと）は　最近（さいきん）、だいぶ　太（ふと）りました。
丈夫最近胖了不少。

反 痩（や）せます　瘦
延 ダイエット　減肥

ストレスが　あると、太（ふと）ります。
一有壓力，就會發胖。

□ 痩（や）せます
瘦、貧瘠

例 彼女（かのじょ）は　病気（びょうき）の　せいで　痩（や）せました。
她因為生病瘦了。

反 太（ふと）ります　肥胖
延 体重（たいじゅう）　體重

運動（うんどう）しても、なかなか　痩（や）せません。
儘管運動，卻怎麼也瘦不下來。

□ 取（と）り替（か）えます
更換、交換

例 看護師（かんごし）さんが　包帯（ほうたい）を　取（と）り替（か）えます。
護理師更換繃帶。

電池（でんち）を　取（と）り替（か）えましょう。
更換電池吧！

□ 乗り換えます　　　　　　　　　　　　　換乗
（の）（か）

例 次の　駅で　バスに　乗り換えます。
（つぎ）（えき）　　　　（の）（か）
在下一站換乘巴士。

目的地まで　全部で　３回　乗り換えます。
（もくてきち）　　（ぜんぶ）　　（さんかい）（の）（か）
到目的地總共要換乘3次。

□ 増えます　　　　　　　　　　　　　　　増加、増多
（ふ）

例 白髪が　だいぶ　増えました。　　　　反 減ります 減少
（しらが）　　　　（ふ）

夫の　収入が　増えるそうです。
（おっと）（しゅうにゅう）（ふ）
據説丈夫的收入會增加。

□ 減ります　　　　　　　　　　　　　　　減少、（肚子）餓
（へ）

例 川の　水が　かなり　減りました。　　反 増えます 増加、増多
（かわ）（みず）　　　　（へ）
河川的水減了不少。

最近、勉強の　時間が　減りました。
（さいきん）（べんきょう）（じかん）（へ）
最近,學習的時間減少了。

□ 間違えます　　　　　　　　　　　　　　搞錯、弄錯、認錯
（まちが）

例 メールを　送る相手を　間違えました。
（おく）（あいて）　　（まちが）
搞錯寄送郵件的對象了。

約束の　時間を　間違えました。
（やくそく）（じかん）（まちが）
弄錯約定的時間了。

□ 片<small>かた</small>づけます　　　　　　　　整頓、收拾、解決

例 友<small>とも</small>だちが 来<small>く</small>るから、部屋<small>へや</small>を 片<small>かた</small>づけます。　　延 掃除<small>そうじ</small> 打掃
因為朋友要來，所以要整理房間。　　　　　　　　　整理<small>せいり</small> 整理

たまには 机<small>つくえ</small>の 上<small>うえ</small>を 片<small>かた</small>づけなさい。
偶爾要整理桌上！

□ 暮<small>く</small>れます　　　　　　　　　　　天黑、日暮、年終

例 もうすぐ 年<small>とし</small>が 暮<small>く</small>れます。
年關將近。

日<small>ひ</small>が 暮<small>く</small>れたのに、娘<small>むすめ</small>は まだ 帰<small>かえ</small>りません。
天都黑了，女兒卻還沒回來。

□ 連<small>つ</small>れます　　　　　　　　　　　帶著

例 友<small>とも</small>だちを 連<small>つ</small>れて、参加<small>さんか</small>しました。
帶朋友參加了。

ペットを 連<small>つ</small>れて、入<small>はい</small>ることは できません。
不可帶寵物進入。

□ 慣<small>な</small>れます　　　　　　　　　　　習慣、熟練、適應

例 新<small>あたら</small>しい 生活<small>せいかつ</small>に 慣<small>な</small>れました。　　似 習慣<small>しゅうかん</small> 習慣
習慣新的生活了。

妻<small>つま</small>は 田舎<small>いなか</small>の 暮<small>く</small>らしに 慣<small>な</small>れません。
妻子不適應鄉下的生活。

□ 汚れます　　　　　　　　　　　　　　弄髒

よご

例 手が　泥で　汚れました。
て　　どろ　　よご
手因泥巴弄髒了。

転んで、服が　汚れました。
ころ　　　　ふく　　よご
因為跌倒，衣服弄髒了。

□ 濡れます　　　　　　　　　　　　　　淋濕、濕潤

ぬ

例 急な　雨で、服が　濡れました。
きゅう　　あめ　　ふく　　ぬ
因為突然的雨，衣服濕掉了。

彼女の　目は　涙で　濡れて　いました。
かのじょ　　め　　なみだ　　ぬ
她的眼睛因淚而濡濕了。

□ 揺れます　　　　　　　　　　　　　　搖動、搖晃、動搖

ゆ

例 今度の　地震は　かなり　揺れました。
こん　ど　　じ　しん　　　　　　ゆ
這次的地震搖得相當厲害。

飛行機が　揺れて、怖かったです。
ひ こう き　　ゆ　　こわ
飛機搖晃，很恐怖。

□ 洗います　　　　　　　　　　　　　　洗

あら

例 起きたら、まず　顔を　洗います。
お　　　　　　　かお　　あら
一起床，首先會洗臉。

自分の　皿は　自分で　洗いなさい。
じ ぶん　　さら　　じ ぶん　　あら
自己的盤子自己洗！

實力測驗！

問題 1. _____ の ことばは どう よみますか。1・2・3・4から いちばん いい ものを ひとつ えらんで ください。

1. (　　) しゅくだいが まだ 済みません。
　　①かみません　②よみません　③すみません　④しみません

2. (　　) ふたりは えいがを 楽しみました。
　　①たのしみました　　　　　②かなしみました
　　③したしみました　　　　　④くるしみました

3. (　　) ねこは しんぞうの びょうきで 死にました。
　　①すにました　②おにました　③しにました　④かにました

問題 2. _____ の ことばは どう かきますか。1・2・3・4から いちばん いい ものを ひとつ えらんで ください。

1. (　　) クレジットカードで はらっても いいですか。
　　①支って　　　②払って　　　③交って　　　④出って

2. (　　) ごみが あったら、ひろいなさい。
　　①集いなさい　②起いなさい　③捨いなさい　④拾いなさい

3. (　　) うみで さかなを つりましょう。
　　①釣りましょう ②食りましょう ③泳りましょう ④収りましょう

問題 3. (　　　　) に ふさわしい ものは どれですか。1・2・3・4 から いちばん いい ものを ひとつ えらんで ください。

1. たべすぎて、だいぶ (　　　　)。
　　①やせました　　②たりました　　③ふとりました　　④よりました

2. テストで　かんたんな　もんだいを　（　　　　）。

　　①おどろきました　　　　　　　　②まちがえました

　　③おこないました　　　　　　　　④とりかえました

3. ともだちと　まんがの　本を　（　　　　）。

　　①のりかえました　　　　　　　　②やけかえました

　　③とりかえました　　　　　　　　④つけかえました

問題4. つぎの　ことばの　つかいかたで　いちばん　いい　ものを　1・
　　　　2・3・4から　ひとつ　えらんで　ください。

動詞

1. よごれます

　　①ふくが　よごれて　いるから、とりかえたほうが　いいです。

　　②おそいですから、そろそろ　よごれましょう。

　　③とつぜん　むかしの　ことを　よごれました。

　　④へやを　きれいに　よごれて　ください。

2. ゆれます

　　①むすこは　いぬに　ゆれて、ないて　います。

　　②けいさつが　きんじょを　ゆれて　います。

　　③つよい　かぜで　くるまが　かなり　ゆれました。

　　④さくや、かれの　おばあさんが　ゆれたそうです。

3. のりかえます

　　①あかちゃんは　よく　のりかえて　います。

　　②レジで　おかねを　のりかえて　ください。

　　③3つめの　えきで　べつの　でんしゃに　のりかえます。

　　④おおきい　じしんで　いえが　のりかえました。

☐ **手伝います** 幫助、幫忙

例 兄は 父の 仕事を 手伝って います。
哥哥幫忙著父親的工作。

何か 手伝いましょうか。
我來幫什麼忙吧？

☐ **役に立ちます** 有用、有效、有益、有所幫助

例 この道具は とても 役に立ちます。
這個工具非常有用。

似 **役立ちます**
有用、有效、有益、有所幫助

それは 将来、きっと 役に立つでしょう。
那個將來一定會派上用場吧！

☐ **止みます** 停止、中止

例 雨は もうすぐ 止みそうです。
雨看來不久會停。

似 **止まります**
停住、停止

人の 声が 突然 止みました。
人聲突然停了。

☐ **頑張ります** 堅持、努力、奮戰

例 次の 試験は 頑張ります。
下次的考試會加油。

似 **努力します** 努力

もっと 頑張って ください。
請更努力。

□ 鳴ります
な

鳴、響、發聲

例 電話が　鳴って　います。
でん わ　　　　　な

電話在響。

目覚まし時計が　鳴りませんでした。
め ざ　　　 ど けい　　　　な

鬧鐘沒有響。

□ 塗ります
ぬ

塗、抹、擦、推諉

例 壁に　ペンキを　塗ります。
かべ　　　　　　　ぬ

在牆壁上塗油漆。

デートなので、赤い　口紅を　塗りました。
あか　　 くちべに　　　　ぬ

由於要約會，所以塗了口紅。

□ 冷やします
ひ

冰鎮、冷卻、使~
冷靜

例 ビールを　冷やして　おきます。
ひ

事先把啤酒冰好。

反 温めます　温、熱、燙
あたた

頭を　冷やしなさい。
あたま　 ひ

讓腦子冷靜下來！

□ 冷えます
ひ

變冷、變涼、覺得
冷、（感情）變冷淡

例 冷蔵庫に　ビールが　冷えて　います。
れい ぞう こ　　　　　　　　　ひ

冰箱裡啤酒變涼了。

今夜は　かなり　冷えます。
こん や　　　　　　　　　ひ

今晚相當冷。

165

□ **温めます** <ruby>温<rt>あたた</rt></ruby>

溫、熱、燙

例 <ruby>日本酒<rt>にほんしゅ</rt></ruby>を <ruby>温<rt>あたた</rt></ruby>めて、<ruby>飲<rt>の</rt></ruby>みましょう。
熱日本酒來喝吧！

これを レンジで <ruby>温<rt>あたた</rt></ruby>めて ください。
請用微波爐把這個加熱。

反 <ruby>冷<rt>ひ</rt></ruby>やします
冰鎮、冷卻、
使〜冷靜

□ **上げます** <ruby>上<rt>あ</rt></ruby>

舉、抬、揚、懸、
舉起、抬起、揚
起、懸起、提高

例 <ruby>分<rt>わ</rt></ruby>かったら、<ruby>手<rt>て</rt></ruby>を <ruby>上<rt>あ</rt></ruby>げて ください。
知道的話，請舉手。

<ruby>家賃<rt>やちん</rt></ruby>を <ruby>上<rt>あ</rt></ruby>げることに しました。
決定提高房租了。

反 <ruby>下<rt>さ</rt></ruby>げます
降低、降下、懸掛、
配帶、使後退、撤下

□ **下げます** <ruby>下<rt>さ</rt></ruby>

降低、降下、懸
掛、配帶、使後
退、撤下

例 <ruby>社員<rt>しゃいん</rt></ruby>の <ruby>給料<rt>きゅうりょう</rt></ruby>を <ruby>下<rt>さ</rt></ruby>げます。
降低員工的薪水。

この<ruby>薬<rt>くすり</rt></ruby>は <ruby>血圧<rt>けつあつ</rt></ruby>を <ruby>下<rt>さ</rt></ruby>げて くれます。
這種藥可以幫我降血壓。

反 <ruby>上<rt>あ</rt></ruby>げます
舉、抬、揚、懸、舉
起、抬起、揚起、懸
起、提高

□ **付きます** <ruby>付<rt>つ</rt></ruby>

沾上、配有、增添、伺
候、跟隨、注意到、固
定下來、點燈、走運

例 <ruby>服<rt>ふく</rt></ruby>に <ruby>泥<rt>どろ</rt></ruby>が <ruby>付<rt>つ</rt></ruby>きました。
泥巴沾到衣服上了。

<ruby>彼女<rt>かのじょ</rt></ruby>は よく <ruby>気<rt>き</rt></ruby>が <ruby>付<rt>つ</rt></ruby>きます。
她很細心。

□ 付(つ)けます

塗、抹、沾、靠、附加、
尾隨、增加、評定、開始
做某事、記入

例 傷口(きずぐち)に 薬(くすり)を 付(つ)けます。
在傷口塗藥。

スープに 味(あじ)を 付(つ)けました。
幫湯添加味道了。

□ 漬(つ)けます

醃、漬、浸、泡

例 野菜(やさい)を たくさん 漬(つ)けました。
醃漬了很多蔬菜。

延 漬物(つけもの) 醬菜

この瓶(びん)の 中(なか)に 漬(つ)けましょう。
浸泡到這個瓶子裡吧!

□ 投(な)げます

投、拋、擲、摔

例 ボールを 投(な)げて ください。
請投球。

延 野球(やきゅう) 棒球

石(いし)を 投(な)げて、叱(しか)られました。
丟石頭,被罵了。

□ 比(くら)べます

比較

例 値段(ねだん)を よく 比(くら)べて、買(か)います。
好好比較價格再買。

似 比較(ひかく) 比較

兄弟(きょうだい)を 比(くら)べるべきでは ありません。
不應該比較兄弟姊妹。

動詞

□ **調べます**^{しら}　　　　　　　　調查、查詢、檢查

例 言葉の　意味を　調べます。
查詢語彙的意思。

延 調査 調查
辞書 辭典
字典 字典

詳しく　調べたほうが　いいです。
詳細調查比較好。

□ **騒ぎます**^{さわ}　　　　　　　　吵鬧、騷動、慌
張、轟動一時

例 彼は　お酒を　飲むと、騒ぎます。
他一喝酒就吵吵鬧鬧。

延 騒音 噪音
騒動 騷動、鬧事

夜中に　騒いでは　いけません。
半夜不可以喧嘩。

□ **包みます**^{つつ}　　　　　　　　包、包圍、隱藏、
籠罩

例 きれいな　紙で　プレゼントを　包みます。
用漂亮的紙包禮物。

延 贈物 禮物
お祝い 祝賀

しっかり　包んで　ください。
請確實包起來。

□ **盗みます**^{ぬす}　　　　　　　　偷竊、欺瞞

例 泥棒が　宝石を　盗みました。
小偷偷了寶石。

人の　物を　盗むことは　犯罪です。
竊取別人的物品是犯罪。

168

□ **踏みます**　　　　　　　　　　　　　　踩、踏、遵循

例 誰かの　足を　踏んで　しまいました。
踩到某人的腳了。

公園の　芝を　踏んでは　いけません。
不可以踐踏公園的草皮。

□ **泊まります**　　　　　　　　　　　　　投宿、住下、停泊

例 出張で　ホテルに　泊まります。　　　　延 宿泊　住宿
因為出差要投宿飯店。　　　　　　　　　　　　民宿　民宿
夫は　今夜、会社に　泊まるようです。　　　　旅館　旅館
丈夫今晚好像要睡在公司。

□ **謝ります**　　　　　　　　　　　　　　道歉、謝罪、謝絕

例 悪い　ことを　したら、謝ります。　　　似 謝罪　謝罪
做錯事的話，就要道歉。　　　　　　　　　　延 反省　反省
国民に　きちんと　謝るべきです。
必須好好地跟國民道歉。

□ **祈ります**　　　　　　　　　　　　　　祈禱、祝福、希望

例 弟の　合格を　祈ります。　　　　　　　延 お寺　寺院
祈禱弟弟考上。　　　　　　　　　　　　　　　教会　教會
神社で　何を　祈りましたか。　　　　　　　　神様　神
在神社祈禱了什麼呢？

實力測驗！

問題1. _____ の ことばは どう よみますか。1・2・3・4から
いちばん いい ものを ひとつ えらんで ください。

1. （　　） じぶんの ものと 兄の ものを 比べます。
　　　①しらべます　②くらべます　③たかべます　④つらべます

2. （　　） せんたくものを みずに 漬けて おきます。
　　　①つけて　　　②かけて　　　③なげて　　　④にげて

3. （　　） パソコンは とても 役にたちます。
　　　①きちに　　　②すきに　　　③きちに　　　④やくに

問題2. _____ の ことばは どう かきますか。1・2・3・4から
いちばん いい ものを ひとつ えらんで ください。

1. （　　） いそがしい ははを てつだいます。
　　　①手助います　②手力います　③手伝います　④手協います

2. （　　） とおくまで ボールを なげます。
　　　①受げます　　②届げます　　③投げます　　④続げます

3. （　　） じしょで いみを しらべます。
　　　①問べます　　②攻べます　　③調べます　　④査べます

問題3. （　　　　）に ふさわしい ものは どれですか。1・2・3・4
から いちばん いい ものを ひとつ えらんで ください。

1. こんやは ともだちの 家に （　　　　）。
　　①つもります　　②きまります　　③とまります　　④とおります

2. あつすぎるから、ヒーターの　おんどを　（　　　　）　くれませんか。

①さげて　　　　　②あげて　　　　　③けして　　　　　④つけて

3. さいごの　テストですから、（　　　　）　ください。

①かざって　　　　②かわって　　　　③がんばって　　　④あやまって

問題4. つぎの　ことばの　つかいかたで　いちばん　いい　ものを　1・2・3・4から　ひとつ　えらんで　ください。

1. いのります

①いっしょに　しゃしんを　いのりませんか。

②いっしょに　かれの　せいこうを　いのりましょう。

③おきゃくさんを　くうこうまで　いのります。

④あには　じこを　いのったそうです。

2. ぬすみます

①おなかが　とても　ぬすみました。

②じしんで　たてものが　ぬすんだようです。

③とうきょうの　じんこうは　だいぶ　ぬすみました。

④だれかが　わたしの　さいふを　ぬすみました。

3. つきます

①やっと　でんきが　つきました。

②せんたくものは　まだ　つきません。

③おんがくを　つきながら、さんぽします。

④かのじょの　かみがたが　つきました。

動詞

□ **あげます**

給某人～（用於平輩或比較熟的對象）

例 子どもに お菓子を あげます。
給小孩子零食。

彼女に プレゼントを あげました。
送女朋友禮物了。

延 **さしあげます**
給某人～（用於長輩或地位比自己高的對象）

やります
給某人或某物～（用於地位比自己低的對象）

□ **くれます**

某人給我（我們）～

例 祖母は よく お金を くれます。
祖母經常給我錢。

兄が 自転車を くれました。
哥哥送我腳踏車了。

延 **くださいます**
某人給我（我們）～（「くれます」的尊敬用法）

□ **もらいます**

從某人那裡得到～

例 会社から 給料を もらいます。
從公司那裡領薪水。

大学の 先輩に テレビを もらいました。
從大學的學長那邊得到了電視。

延 **いただきます**
從某人那裡領受～（「もらいます」的尊敬用法）

□ **踊ります**

跳舞、不平穩、（被人）操縱

例 いっしょに 踊りませんか。
要不要一起跳舞呢？

彼は 酔うと、歌ったり 踊ったり します。
他一喝醉，就會又唱又跳。

延 **ダンス** 跳舞、舞蹈

□ 届けます

送到、送給、送
去、登記

例 上司に　書類を　届けます。
把文件送到主管那裡。

延 手紙 信
　 荷物 行李

こちらの　住所へ　届けて　ください。
請送到這裡的地址。

□ 届きます

達到、搆得著、
到、收到

例 毎月、両親から　食料品が　届きます。
每個月，會從雙親那裡收到食品。

姉から　手作りの　ジャムが　届きました。
姊姊親手做的果醬送達了。

□ 出かけます

出門

例 あと　10分で　出かけます。
再10分鐘要出門。

延 玄関 玄關
　 ドア 門
　 門 門

父は　もう　出かけました。
父親已經出門了。

□ 捨てます

拋棄、扔掉、置之
不理、放棄

例 ごみ箱に　ごみを　捨てます。
把垃圾丟到垃圾桶。

反 拾います 拾、撿

ここに　ごみを　捨てないで　ください。
請不要把垃圾丟在這裡。

□ 育てます

培育、撫育、養育、培養

例 庭で 花を 育てます。
在庭園培育花朵。

子どもを 育てるのは たいへんです。
養育小孩很辛苦。

延 **教育** 教育
ペット 寵物
植物 植物

□ 育ちます

發育、成長

例 わたしは 田舎で 育ちました。
我是在鄉下長大的。

桜の 木が かなり 大きく 育ちました。
櫻花樹長得相當高了。

□ 立てます

立、豎、冒、揚起、扎、制定

例 音を 立てないで ください。
請不要發出聲音。

来月の 予定を 立てましょう。
排定下個月的計畫吧！

延 **立ちます**
立、站、冒、升、起、離開、出發

□ 建てます

建立、建造

例 結婚したら、家を 建てます。
結婚以後，要蓋（自己的）房子。

彼は この国を 建てた人物です。
他是建立這個國家的人。

延 **建ちます** 蓋、建
建設 建設
建築 建築
建国 建國

□ 訪（たず）ねます　　　　　　　　　　　　　　拝訪、訪問

例 卒業後（そつぎょうご）、先生（せんせい）を　訪（たず）ねました。　　　　似 訪問（ほうもん） 訪問
畢業後，拜訪老師了。
午後（ごご）、お客様（きゃくさま）の　家（いえ）を　訪（たず）ねます。
下午，要拜訪客戶的家。

□ 尋（たず）ねます　　　　　　　　　　　　　　尋、找、問、尋
　　　　　　　　　　　　　　　　　　　　　　問、打聽、探求

例 知（し）らない人（ひと）に　道（みち）を　尋（たず）ねます。
向不認識的人問路。
店員（てんいん）に　値段（ねだん）を　尋（たず）ねました。
向店員詢問價格了。

□ 向（む）かいます　　　　　　　　　　　　　　朝著、往、去、
　　　　　　　　　　　　　　　　　　　　　　趨向

例 今（いま）から　空港（くうこう）へ　向（む）かいます。
現在要去機場。
景気（けいき）が　いい　方向（ほうこう）へ　向（む）かって　います。
景氣正朝著好的方向。

□ 引（ひ）っ越（こ）します　　　　　　　　　　搬家、遷居

例 来月（らいげつ）、引（ひ）っ越（こ）します。
下個月要搬家。
会社（かいしゃ）の　近（ちか）くに　引（ひ）っ越（こ）したいです。
想搬到公司附近。

動詞

□ 亡^なくなります   死、去世

例 新井先生^{あらいせんせい}が　亡^なくなったそうです。　　　　似 死^しにます 死
據説新井老師去世了。

部長^{ぶちょう}の　奥^{おく}さんが　亡^なくなりました。
部長的太太過世了。

□ 無^なくなります   丟失、盡

例 在庫^{ざいこ}が　もうすぐ　無^なくなります。　　　似 消^きえます 熄滅、融
庫存就快要沒了。　　　　　　　　　　　　　　　　　　　　化、消失、
　　　　　　　　　　　　　　　　　　　　　　　　　　　　　消除
自転車^{じてんしゃ}が　無^なくなりました。
腳踏車不見了。

□ 見^みつけます   找出、發現、發
　　　　　　　　　　　　　　　　　　　　　　　　　　　　覺、看慣

例 自分^{じぶん}で　真実^{しんじつ}を　見^みつけます。　　　　似 発見^{はっけん} 發現
自己找出真相。

新^{あたら}しい　夢^{ゆめ}を　見^みつけました。
找到了新的夢想。

□ 見^みつかります   被發現、被看見、
　　　　　　　　　　　　　　　　　　　　　　　　　　　　找到、發現

例 やりたいことが　見^みつかりました。　　　　　　似 発見^{はっけん} 發現
想做的事情找到了。

無^なくした財布^{さいふ}が　見^みつかりました。
不見的錢包找到了。

□ 集めます   集中、収集

例 アンケートを　集めます。   延 集まります　聚集
  收集問卷。

  お金を　集めなければ　なりません。
  非集資不可。

□ いじめます   欺負、虐待

例 もう　いじめないで　ください。   延 悪口　壞話
  請不要再虐待了。

  息子は　友だちに　いじめられました。
  兒子被朋友欺負了。

□ 来ます   來、到來

例 午後、お客さんが　来ます。   反 行きます　去、往
  下午，客人要來。

  また　来て　ください。
  請再來。

□ 買います   買、招致

例 コンビニで　ビールを　買います。   似 買物　買東西、購物
  在便利商店買啤酒。   反 売ります　賣

  新しい　スーツケースが　買いたいです。 延 セール　出售、大減價
  想買新的行李箱。

實力測驗！

問題1. _____ の ことばは どう よみますか。1・2・3・4から
いちばん いい ものを ひとつ えらんで ください。

1. (　　) きょうとへ 引っ越すことに なりました。
　　　①いっこす　　②いっかす　　③ひっこす　　④ひっかす

2. (　　) データを たくさん 集めて ください。
　　　①あつめて　　②かきめて　　③しつめて　　④らくめて

3. (　　) パーティーで おっとと 踊りました。
　　　①はしりました　　　　　②しどりました
　　　③おこりました　　　　　④おどりました

問題2. _____ の ことばは どう かきますか。1・2・3・4から
いちばん いい ものを ひとつ えらんで ください。

1. (　　) さいふが なくなりました。
　　　①失くなりました　　　　②亡くなりました
　　　③無くなりました　　　　④落くなりました

2. (　　) かがみに むかって、けしょうします。
　　　①見かって　　②向かって　　③方かって　　④往かって

3. (　　) せんせいの お宅を たずねました。
　　　①訪ねました　　②尋ねました　　③訊ねました　　④問ねました

問題3. (　　　　)に　ふさわしい　ものは　どれですか。1・2・3・4
　　　　から　いちばん　いい　ものを　ひとつ　えらんで　ください。

1. むすめは　せんぱいに　(　　　　)ようです。
　　①すべられた　　　②かわられた　　　③つつまれた　　　④いじめられた

2. むかし　なくした本が　(　　　　)。
　　①もどりました　　②よりました　　　③みつかりました　④まわりました

3. コンビニの　ばしょを　(　　　　)。
　　①むかえます　　　②たずねます　　　③のりかえます　　④つかまえます

問題4. つぎの　ことばの　つかいかたで　いちばん　いい　ものを　1・
　　　　2・3・4から　ひとつ　えらんで　ください。

1. たてます
　　①こんやは　ステーキを　たてます。
　　②ここに　ごみを　たてないで　ください。
　　③おとうとは　うみの　ちかくに　いえを　たてました。
　　④こうえんに　木を　たてませんか。

2. そだてます
　　①しゃいんに　きゅうりょうを　そだてます。
　　②ボールを　とおくに　そだてました。
　　③わかったら、手を　そだてて　ください。
　　④ははは　こどもを　ごにんも　そだてました。

3. もらいます
　　①すずきさんから　京都の　おみやげを　もらいました。
　　②せんせいは　わたしに　プレゼントを　もらいます。
　　③はるに　なると、さくらが　もらいます。
　　④さむいから、だんぼうを　もらいしょう。

□ 知^しります

知道、曉得、認
識、懂得

例 ニュースで 事件^{じけん}を 知^しりました。
從新聞得知了事件。

この女性^{じょせい}を 知^しって いますか。
認識這位女性嗎？

□ 知^しらせます

通知、告訴

例 予定^{よてい}を みんなに 知^しらせます。
把計畫通知大家。

両親^{りょうしん}に 結果^{けっか}を 知^しらせます。
通知雙親結果。

□ 暮^くれます

天黑、日暮、年終

例 もうすぐ 日^ひが 暮^くれます。
天就要黑了。

もう 日^ひが 暮^くれました。
天已經黑了。

□ 助^{たす}けます

救助、幫助、幫忙

例 困^{こま}って いる人^{ひと}を 助^{たす}けます。
幫助有困難的人。

誰^{だれ}か 助^{たす}けて ください。
請誰來幫幫我。

□ 学びます

學習

例 来月から フランス語を 学びます。
從下個月開始學習法語。

ギターを 学びたいです。
想學習吉他。

似 習います 練習、學習
　 勉強します 學習、用功

延 外国語 外語
　 楽器 樂器

□ 習います

練習、學習

例 娘は ピアノを 習って います。
女兒學習著鋼琴。

アメリカ人に 英語を 習います。
跟美國人學習英語。

似 学びます 學習
　 勉強します 學習、用功

延 スポーツ 體育、運動

□ 似ます

像、似

例 赤ちゃんは 母親に 似て います。
嬰兒和母親很相像。

夫婦は 自然と 似て きます。
夫婦會自然而然越來越像。

□ 別れます

分離、分別、（夫婦）離婚

例 あの2人は 別れたようです。
那2個人好像分手了。

わたしは 彼と 別れたくないです。
我不想和他分開。

延 離婚 離婚
　 失恋 失戀

動詞

□ します 做

例 お客さんに 電話を します。
打電話給客人。

週末は 何を しましたか。
週末做了什麼呢？

□ 世話します 照顧、照料

例 ペットを 世話します。
照顧寵物。

子どもを 世話しながら、料理も します。
一邊照顧小孩，一邊也做菜。

□ 相談します 商量、磋商

例 将来の ことを 先生に 相談します。
和老師商量未來的事情。

いつでも 相談して ください。
請隨時（找我）商量。

□ あいさつします 問候、致意、寒暄

例 しっかり あいさつしましょう。
好好地打招呼吧！

あの新人は ちっとも あいさつしません。
那個新人完全不打招呼的。

延 礼儀 禮節、禮法、禮貌

マナー 禮貌、禮節

□ **料理します** _{りょう り}　　　　　　　　　　　　做菜、烹調

例 わたしは　毎日、料理します。
_{まいにち}　　_{りょう り}
我每天做菜。

週末、彼の　ために　料理しました。
_{しゅうまつ}　_{かれ}　　　　　　_{りょう り}
週末，為了他做菜了。

延 台所 廚房
_{だいどころ}
食料品 食品
_{しょくりょうひん}
調味料 調味料
_{ちょう み りょう}

□ **掃除します** _{そう じ}　　　　　　　　　　　　掃除

例 毎朝、きちんと　掃除します。
_{まいあさ}　　　　　　_{そう じ}
每天早上，都會確實打掃。

息子は　ぜんぜん　掃除しません。
_{むす こ}　　　　　　　_{そう じ}
兒子完全不打掃。

延 掃除機 吸塵器
_{そう じ き}
ぞうきん 抹布

□ **心配します** _{しん ぱい}　　　　　　　　　　　　擔心、掛念

例 将来に　ついて　心配します。
_{しょうらい}　　　　　　_{しん ぱい}
擔心將來。

入院中の　祖母を　心配して　います。
_{にゅういんちゅう}　_{そ ぼ}　　_{しん ぱい}
掛念著住院中的祖母。

延 不安 不安
_{ふ あん}

□ **勉強します** _{べん きょう}　　　　　　　　　　　　學習、用功

例 娘は　今、勉強して　います。
_{むすめ}　_{いま}　_{べん きょう}
女兒現在正在讀書。

自分で　韓国語を　勉強します。
_{じ ぶん}　_{かんこく ご}　　_{べん きょう}
自己學習韓語。

似 学びます 學習
_{まな}
習います 練習、學習
_{なら}

動詞

□ 運動します

運動

^例 もっと　運動したほうが　いいです。
多運動點比較好。

延 スポーツ　體育、運動

父と　公園で　運動しました。
和父親在公園運動了。

□ 運転します

駕駛、開（車）

^例 誰が　運転しますか。
誰來駕駛呢？

延 ドライブ　開車兜風
　　トラック　卡車

音楽を　聴きながら、運転します。
一邊聽音樂，一邊駕駛。

□ 旅行します

旅行

^例 いっしょに　旅行しませんか。
要不要一起旅行呢？

延 トランクケース
　　行李箱
　　パスポート　護照

趣味は　世界中を　旅行することです。
興趣是到世界各處旅行。

□ 遠慮します

遠慮、客氣、迴
避、謝絕

^例 すみませんが、今日は　遠慮します。
不好意思，今天就不過去了。

彼は　もっと　遠慮するべきです。
他應該要更客氣的。

□ **案内します**
あんない

わたしが 京都を 案内します。
きょうと あんない
我來（為大家）導覽京都。

近くを 案内して もらえますか。
ちか あんない
可以請你導覽附近嗎？

嚮導、陪同遊覽、
引見

延 観光 観光
かんこう
旅行 旅行
りょこう

□ **計画します**
けいかく

計畫

半年の 留学を 計画して います。
はんとし りゅうがく けいかく
計畫著半年的留學。

おもしろい イベントを 計画しませんか。
けいかく
要不要計畫有趣的活動呢？

□ **紹介します**
しょうかい

介紹

彼女を 両親に 紹介します。
かのじょ りょうしん しょうかい
把女朋友介紹給雙親。

仕事の 内容を 紹介しました。
しごと ないよう しょうかい
介紹了工作的內容。

□ **約束します**
やくそく

約定

タバコは 吸わないと 約束します。
す やくそく
約定不抽菸。

秘密を 守ると 約束しました。
ひみつ まも やくそく
約定好要保守祕密。

動詞

185

實力測驗！

問題 1. _____ の　ことばは　どう　よみますか。1・2・3・4から
いちばん　いい　ものを　ひとつ　えらんで　ください。

1. (　　) わたしは　なんでも　ははに　相談します。
　　　①かんだん　　　②そうだん　　　③かんたん　　　④そうたん

2. (　　) むすめの　かわりに、いぬを　世話します。
　　　①せは　　　　　②せわ　　　　　③すは　　　　　④すわ

3. (　　) なにか　あったら、すぐに　知らせて　ください。
　　　①ちらせて　　　②もらせて　　　③しらせて　　　④さらせて

問題 2. _____ の　ことばは　どう　かきますか。1・2・3・4から
いちばん　いい　ものを　ひとつ　えらんで　ください。

1. (　　) わたしたちは　もう　わかれましょう。
　　　①別れましょう　　　　　　　②割れましょう
　　　③分れましょう　　　　　　　④離れましょう

2. (　　) だれか　たすけて　ください。
　　　①漬けて　　　②続けて　　　③届けて　　　④助けて

3. (　　) りょうしんは　わたしの　しょうらいを　しんぱいして　います。
　　　①不安　　　②案配　　　③安心　　　④心配

問題3. （　　　）に　ふさわしい　ものは　どれですか。1・2・3・4
　　　から　いちばん　いい　ものを　ひとつ　えらんで　ください。

1. わたしの　かれを　みなさんに　（　　　　）します。
　　①けいかく　　　　②けいさん　　　　③しょうかい　　　④あんない

2. あたらしい　くるまを　（　　　　）して　みましょう。
　　①ほんやく　　　　②しょうたい　　　③けっこん　　　　④うんてん

3. てんないでは　タバコは　（　　　　）して　ください。
　　①えんりょ　　　　②えんぎ　　　　　③ほうそう　　　　④せわ

問題4. つぎの　ことばの　つかいかたで　いちばん　いい　ものを　1・
　　　2・3・4から　ひとつ　えらんで　ください。

1. うんどうします
　　①やせたいので、まいにち　うんどうします。
　　②ふゆに　なると、ゆきが　うんどうします。
　　③せんたくものは　もう　うんどうしましたか。
　　④いもうとは　れきしを　うんどうすることが　とくいです。

2. まなびます
　　①けっかが　わかったら、まなんで　ください。
　　②わるい　ことを　したら、けいさつに　まなびます。
　　③いらないものを　ごみばこに　まなびましょう。
　　④だいがくで　なにを　まなんで　いますか。

3. そうじします
　　①でんしゃは　じこで　45ふんも　そうじしました。
　　②つよい　かぜで　にわの　木が　そうじしました。
　　③じぶんの　へやは　じぶんで　そうじします。
　　④かれとは　3ねんまえに　もう　そうじしました。

□ **招待します**
しょうたい

請客、邀請

例 彼を　自宅に　招待します。
かれ　　じたく　　しょうたい

邀請他到自己家裡。

関係者は　全員　招待されました。
かんけいしゃ　　ぜんいん　しょうたい

相關人士全部都被邀請了。

延 パーティー　宴會
　　招待状　邀請函
　　しょうたいじょう

□ **経験します**
けいけん

經驗、經歷

例 卒業までに　いろいろ　経験したいです。
そつぎょう　　　　　　　けいけん

想在畢業之前，累積各式各樣的經驗。

わたしも　経験したことが　あります。
けいけん

我也有過經驗。

延 体験します　體驗、
　　たいけん　　　　經驗

□ **注射します**
ちゅうしゃ

注射、打針

例 娘は　風邪で　注射しました。
むすめ　かぜ　　ちゅうしゃ

女兒因感冒打針了。

病院で　注射して　もらいました。
びょういん　ちゅうしゃ

在醫院請人打針了。

延 医者　醫生
　　いしゃ
　　看護師　護理師
　　かんごし
　　病気　疾病
　　びょうき
　　治療　治療
　　ちりょう

□ **中止します**
ちゅうし

中止、取消

例 雨の　ため、試合は　中止します。
あめ　　　　しあい　　ちゅうし

因為下雨，比賽要取消。

台風で　運動会は　中止するそうです。
たいふう　うんどうかい　ちゅうし

據說因為颱風，運動會要取消。

延 キャンセル　解約、
　　　　　　　取消

□ **放送します** _{ほう そう}　　　　　　　　　　　　　廣播、播放

例 この映像は　ぜったい　放送しましょう。　　延 番組 _{ばんぐみ} 節目
（_{えいぞう}）（_{ほうそう}）
這個畫面一定要播放吧！　　　　　　　　　　　　　　ニュース 新聞

真実は　放送したほうが　いいです。
（_{しんじつ}）（_{ほうそう}）
真相播放出來比較好。

□ **翻訳します** _{ほん やく}　　　　　　　　　　　　翻譯

例 これを　英語に　翻訳して　ください。　　延 翻訳家 _{ほんやくか} 翻譯家
（_{えいご}）（_{ほんやく}）
請把這個翻譯成英語。　　　　　　　　　　　　　　通訳 _{つうやく} 通譯、口譯

姉の　仕事は　翻訳することです。　　　　　　外国語 _{がいこくご} 外語
（_{あね}）（_{しごと}）（_{ほんやく}）
姊姊的工作是翻譯。

□ **研究します** _{けん きゅう}　　　　　　　　　　　研究、鑽研

例 父は　遺伝子を　研究して　います。　　　延 研究者 _{けんきゅうしゃ} 研究者
（_{ちち}）（_{いでんし}）（_{けんきゅう}）
父親研究著遺傳基因。　　　　　　　　　　　　　研究所 _{けんきゅうじょ} 研究所

もっと　深く　研究するべきです。
（_{ふか}）（_{けんきゅう}）
應該要更深入研究。

□ **連絡します** _{れん らく}　　　　　　　　　　　聯絡

例 いつでも　連絡して　ください。　　　　　延 報告します _{ほうこく} 報告
（_{れんらく}）
請隨時聯絡。

結果が　分かったら、一番に　連絡します。
（_{けっか}）（_わ）（_{いちばん}）（_{れんらく}）
結果知道了的話，會第一個和你聯絡。

動詞

□ **利用します** りょう

利用

例 エスカレーターを　利用しましょう。 りょう
搭乘手扶梯吧！

この土地を　上手に　利用します。 とち じょうず りょう
好好地利用這塊土地。

□ **安心します** あんしん

安心、放心

例 それを　聞いて、安心しました。 き あんしん
聽到那個，安心了。

元気ですから、安心して　ください。 げんき あんしん
（我）很好，請放心。

反 心配します　擔心、 しんぱい 掛念

□ **競争します** きょうそう

競賽、競爭

例 彼らは　いつも　競争して　います。 かれ きょうそう
他們總是競爭著。

社員に　業績を　競争させましょう。 しゃいん ぎょうせき きょうそう
讓員工競爭業績吧！

延 試合　（運動的）比賽 しあい
コンテスト　比賽
ライバル　競爭者、 對手

□ **喧嘩します** けんか

吵嘴、口腳、吵
架、打架

例 うちの　親は　よく　喧嘩します。 おや けんか
我家的父母經常吵架。

もう　喧嘩しないで　ください。 けんか
請不要再吵架了。

190

□ **故障します**　　　　　　　　　　　　故障

㋑ オートバイが　故障しました。　　　　反 **修理します** 修理
摩托車故障了。

冷蔵庫が　故障したので、直して　もらいます。
由於冰箱故障了，所以要請人來修理。

□ **下宿します**　　　　　　　　　　　　寄宿（在有訂定契
　　　　　　　　　　　　　　　　　　　　約的地方食宿）

㋑ 息子は　下宿することに　なりました。
兒子決定要寄宿了。

外国人を　うちに　下宿させます。
讓外國人在我家寄宿。

□ **失敗します**　　　　　　　　　　　　失敗

㋑ また　失敗しました。　　　　　　　　反 **成功します** 成功
又失敗了。

失敗しても、ぜったい　あきらめません。
就算失敗，也絕不放棄。

□ **承知します**　　　　　　　　　　　　同意、贊成、允
　　　　　　　　　　　　　　　　　　　　許、知道、了解、
　　　　　　　　　　　　　　　　　　　　原諒、饒恕

㋑ 出張に　ついて、承知しました。　　　延 **分かります**
有關出差，（我）了解了。　　　　　　　　　懂、理解、明白

このことは　承知して　おいて　ください。
這件事情，請先有心理準備。

動詞

191

□ **準備します**
　じゅん び

（整體性的）準備

例 **会議の　資料を　準備します。**
　かい ぎ　　しりょう　　じゅんび

準備會議的資料。

早めに　準備したほうが　いいです。
はや　　　　じゅんび

早點準備比較好。

似 **用意します**
　よう い

（將需要用品備齊
的）準備、預備

□ **用意します**
　よう い

（將需要用品備齊
的）準備、預備

例 **参加者の　飲み物を　用意します。**
　さん か しゃ　　の もの　　　よう い

準備參加者的飲料。

人数分　用意して　おきました。
にんずうぶん　よう い

按人數先準備好了。

似 **準備します**
　じゅん び

（整體性的）準備

□ **支度します**
　し たく

（前置作業的）準
備、預備

例 **そろそろ　支度しましょう。**
　　　　　　し たく

差不多該來準備了吧！

夫が　朝食を　支度して　くれました。
おっと　ちょうしょく　し たく

丈夫幫我準備早餐了。

□ **見物します**
　けん ぶつ

遊覽、參觀

例 **ビールの　作り方を　見物します。**
　　　　　つく かた　　けん ぶつ

參觀啤酒的製作方法。

昨日は　大阪の　市場を　見物しました。
きのう　　おおさか　いち ば　　けん ぶつ

昨天遊覽大阪的市場了。

似 **見学します** 參觀學習
　けんがく

□ **輸入します** ゅ にゅう

輸入、進口

例 フランスから ワインを 輸入します。 ゅ にゅう
從法國進口紅酒。

反 **輸出します** ゅ しゅつ 出口、
輸出

牛肉を 輸入するように なりました。 ぎゅうにく ゅ にゅう
開始進口牛肉了。

延 **貿易** ぼうえき 貿易

□ **輸出します** ゅ しゅつ

出口、輸出

例 中国に 何を 輸出して いますか。 ちゅうごく なに ゅ しゅつ
出口什麼到中國呢？

反 **輸入します** ゅ にゅう 輸入、
進口

世界中に 部品を 輸出したいです。 せ かいじゅう ぶ ひん ゅ しゅつ
想把零件出口到全世界。

□ **精算します** せい さん

精算、細算

例 経費を 精算して もらいます。 けい ひ せいさん
請人精算費用。

延 **会計** かいけい 算帳、付錢
費用 ひよう 費用、開銷

運賃を 精算しましょう。 うんちん せいさん
精算車資吧！

□ **成功します** せい こう

成功

例 ついに 成功しました。 せいこう
終於成功了。

反 **失敗します** しっぱい 失敗

成功するまで、がんばりましょう。 せいこう
努力到成功為止吧！

動詞

實力測驗！

問題 1. _____ の ことばは どう よみますか。1・2・3・4から いちばん いい ものを ひとつ えらんで ください。

1. （　） チームの けいかくが 失敗しました。
　　　　①すっぱい　　②しっぱい　　③すっはい　　④しっはい

2. （　） ちこくするから、はやく 支度しなさい。
　　　　①しど　　　　②したく　　　③ささど　　　④さたく

3. （　） くるまが また 故障しました。
　　　　①こしょう　　②ぐしょう　　③こじょう　　④ぐじょう

問題 2. _____ の ことばは どう かきますか。1・2・3・4から いちばん いい ものを ひとつ えらんで ください。

1. （　） だいがくの ちかくに げしゅくして います。
　　　　①住宿　　　　②宿泊　　　③下宿　　　④住宿

2. （　） あの2人は よく けんかして います。
　　　　①騒喧　　　　②嘩喧　　　③喧騒　　　④喧嘩

3. （　） けんさの けっかを きいて、あんしんしました。
　　　　①行心　　　　②配心　　　③放心　　　④安心

問題 3. （　　　）に ふさわしい ものは どれですか。1・2・3・4 から いちばん いい ものを ひとつ えらんで ください。

1. これは そぼの 着物を （　　　）して、つくりました。
　　　　①うんてん　　②えんりょ　　③あいさつ　　④りよう

2. どろぼうです。けいさつに　（　　　　　）したほうが　いいです。
　　①れんらく　　　　　②おんがく　　　　　③しんさつ　　　　　④けいかく

3. にほんの　米を　（　　　　　）することに　なりました。
　　①げしゅく　　　　　②ゆしゅつ　　　　　③ちゅうしゃ　　　　　④ほうそう

問題 4. つぎの　ことばの　つかいかたで　いちばん　いい　ものを　1・
　　　　　2・3・4から　ひとつ　えらんで　ください。

1. けいけんします
　　①さいふを　おとしたので、けいさつに　けいけんしました。
　　②むかしの　ことを　けいけんしました。
　　③だいがくで　いろいろな　ことを　けいけんしたいです。
　　④りょこうの　にっていが　けいけんしました。

2. しょうちします
　　①そのけんに　ついては　しょうちして　います。
　　②つかったりょうきんを　しょうちしましょう。
　　③わからなければ、わたしに　しょうちして　ください。
　　④たいわんの　バナナを　せかいじゅうに　しょうちします。

3. よういします
　　①このえいごを　にほんごに　よういして　くれませんか。
　　②りょこうの　けいかくは　よういしました。
　　③しゃいんを　かいぎしつに　よういして　ください。
　　④イベントで　つかうものを　よういします。

□ **練習します** (れんしゅう)　　　　　　　　　練習

例 何度も　練習しました。(なんど・れんしゅう)
練習了好幾次。

午後、ピアノを　練習するつもりです。(ごご・れんしゅう)
下午打算練習鋼琴。

□ **失礼します** (しつれい)　　　　　　失禮、不能奉陪、告辭、抱歉

例 このあと　用事が　あるので、失礼します。(ようじ・しつれい)
由於之後還有事，告辭了。

この間は　たいへん　失礼しました。(あいだ・しつれい)
之前非常抱歉。

延 礼儀 (れいぎ) 禮節、禮法、禮貌

　マナー 禮貌、禮節

□ **出席します** (しゅっせき)　　　　　　出席

例 明日の　会議に　出席しますか。(あした・かいぎ・しゅっせき)
明天的會議出席嗎？

パーティーに　出席することに　しました。(しゅっせき)
決定出席宴會了。

反 欠席します (けっせき) 缺席

□ **欠席します** (けっせき)　　　　　　缺席

例 次の　イベントは　欠席します。(つぎ・けっせき)
下次的活動會缺席。

鈴木さんは　病気で　欠席するそうです。(すずき・びょうき・けっせき)
據説鈴木先生因為生病會缺席。

反 出席します (しゅっせき) 出席

□ **出発します** しゅっぱつ   出發、動身

例 そろそろ　出発しましょう。
差不多該出發了吧！

延 **出かけます** 出門

5時半に　出発するつもりです。
打算5點半出發。

□ **食事します** しょくじ   吃飯、飲食

例 今夜は　会社の　同僚と　食事します。
今天晚上要和公司的同事吃飯。

延 **食べます** 吃
料理 做菜、烹調

急いで　食事すると、胃に　悪いです。
急急忙忙吃飯的話，對胃不好。

□ **生活します** せいかつ   生活

例 祖父は　一人で　生活して　います。
祖父一個人生活著。

似 **暮らします**
度日、謀生活

海外で　生活したことが　あります。
曾經在國外生活過。

□ **戦争します** せんそう   戰爭、激烈的競爭

例 もう　戦争しないで　ください。
請不要再戰爭了。

似 **争います** 爭奪、競
爭、爭論
戦います 戰鬥、戰
爭、競賽

あの国は　戦争するはずが　ありません。
那個國家不可能會戰爭。

延 **平和** 和平

□ **入学します** <ruby>入<rt>にゅう</rt></ruby><ruby>学<rt>がく</rt></ruby>

例 <ruby>今年<rt>ことし</rt></ruby>の <ruby>春<rt>はる</rt></ruby>、<ruby>高校<rt>こうこう</rt></ruby>に <ruby>入学<rt>にゅうがく</rt></ruby>します。
今年春天會進高中。

<ruby>娘<rt>むすめ</rt></ruby>は <ruby>有名<rt>ゆうめい</rt></ruby>な <ruby>大学<rt>だいがく</rt></ruby>に <ruby>入学<rt>にゅうがく</rt></ruby>しました。
女兒進了有名的大學。

入學

反 <ruby>卒業<rt>そつぎょう</rt></ruby>します 畢業
延 <ruby>学校<rt>がっこう</rt></ruby> 學校
<ruby>新入生<rt>しんにゅうせい</rt></ruby> 新生

□ **卒業します** <ruby>卒<rt>そつ</rt></ruby><ruby>業<rt>ぎょう</rt></ruby>

例 <ruby>高校<rt>こうこう</rt></ruby>を <ruby>卒業<rt>そつぎょう</rt></ruby>したら、<ruby>働<rt>はたら</rt></ruby>きます。
高中畢業之後，會工作。

<ruby>一番<rt>いちばん</rt></ruby>の <ruby>成績<rt>せいせき</rt></ruby>で <ruby>卒業<rt>そつぎょう</rt></ruby>しました。
以第一名的成績畢業了。

畢業、經歷過（某一階段）

反 <ruby>入学<rt>にゅうがく</rt></ruby>します 入學

□ **受験します** <ruby>受<rt>じゅ</rt></ruby><ruby>験<rt>けん</rt></ruby>

例 <ruby>大学<rt>だいがく</rt></ruby>を <ruby>受験<rt>じゅけん</rt></ruby>します。
應考大學。

できるだけ <ruby>受験<rt>じゅけん</rt></ruby>して ください。
請盡可能參加考試。

應考、投考

延 <ruby>試験<rt>しけん</rt></ruby> 考試
テスト 測驗、考試

□ **入院します** <ruby>入<rt>にゅう</rt></ruby><ruby>院<rt>いん</rt></ruby>

例 <ruby>祖母<rt>そぼ</rt></ruby>は <ruby>急<rt>きゅう</rt></ruby>に <ruby>入院<rt>にゅういん</rt></ruby>しました。
祖母突然住院了。

<ruby>検査<rt>けんさ</rt></ruby>の ために <ruby>入院<rt>にゅういん</rt></ruby>します。
為了檢查要住院。

住院

延 <ruby>病院<rt>びょういん</rt></ruby> 醫院
<ruby>病気<rt>びょうき</rt></ruby> 病、疾病
<ruby>治療<rt>ちりょう</rt></ruby> 治療

□ 退院します　　　　　　　　　　　出院
　たい　いん

例 父は　来週　退院します。
　ちち　らいしゅう　たいいん
　父親下個星期出院。

いつごろ　退院できますか。
　　　　　たいいん
什麼時候可以出院呢？

□ 注意します　　　　　　　　　　　注意、留神、小
　ちゅう　い　　　　　　　　　　　心、提醒、警告

例 じゅうぶん　注意して　ください。
　　　　　　　ちゅう　い
請萬分小心。

彼らに　注意するつもりです。
かれ　　ちゅう　い
打算提醒他們。

□ 賛成します　　　　　　　　　　　賛成、同意
　さん　せい

例 彼の　意見に　賛成します。　　　反 反対します 反對
　かれ　い　けん　さん　せい　　　　はんたい
賛成他的意見。

部長の　提案に　賛成しなくても　いいです。
ぶ ちょう　ていあん　さん　せい
不賛成部長的提案也沒有關係。

□ 反対します　　　　　　　　　　　反對
　はん　たい

例 その計画に　反対します。　　　　反 賛成します 賛成、賛
　　けいかく　はんたい　　　　　　さんせい　　　同、同意
反對那個計畫。

工場の　建設に　反対します。
こうじょう　けんせつ　はんたい
反對工廠的建設。

199

□ びっくりします

吃驚、嚇一跳

例 そのニュースに　びっくりしました。
對那個消息感到吃驚。

娘の　部屋は　びっくりするほど　汚いです。
女兒的房間是會到吃驚程度的髒。

似 **驚きます**
吃驚、驚恐、驚奇、
出乎意料

□ 返事します

回答、答覆、回信

例 大きい　声で　返事して　ください。
請大聲回答。

メールで　返事しても　いいですか。
也可以用電子郵件回覆嗎？

□ 歓迎します

歡迎

例 誰でも　歓迎します。
誰都歡迎。

彼の　訪問を　心から　歓迎します。
衷心歡迎他的拜訪。

□ 印刷します

印刷

例 歴史の　本を　印刷します。
印刷歷史的書。

これを　印刷して　いただけますか。
可以請您印刷這個嗎？

延 コピーします　影印

□ **化粧します** けしょう   化妝、打扮

例 デートの 前に、化粧します。   延 口紅 口紅
約會之前會化妝。

彼女は 化粧しないほうが いいです。
她不化妝比較好。

□ **読書します** どくしょ   閱讀書籍

例 図書館で 読書します。
在圖書館看書。

もっと 読書しようと 思います。
我想再多看一下書。

□ **結婚します** けっこん   結婚

例 わたしは 彼と 結婚したいです。   反 離婚します 離婚
我想和他結婚。   延 結婚式 結婚典禮
                                        花嫁 新娘
来月、結婚することに なりました。   花婿 新郎
決定下個月結婚了。

□ **離婚します** りこん   離婚

例 やっぱり 離婚しましょう。   反 結婚します 結婚
還是離婚吧！

彼女は 離婚したがって います。
她想離婚。

實力測驗！

問題 1. _____ の ことばは どう よみますか。1・2・3・4から いちばん いい ものを ひとつ えらんで ください。

1. （　　） あしたの パーティーに 出席しますか。
　　　①でせき　　　②でんせき　　　③しゅっせき　　　④しゅつせき

2. （　　） かれは そのけいかくに 反対して います。
　　　①はんつい　　　②はんたい　　　③はんそく　　　④はんせい

3. （　　） じぶんの なまえを よばれたら、返事しなさい。
　　　①へんじ　　　②へんごと　　　③はんじ　　　④はんごと

問題 2. _____ の ことばは どう かきますか。1・2・3・4から いちばん いい ものを ひとつ えらんで ください。

1. （　　） あさっての あさ、アメリカへ しゅっぱつします。
　　　①出演　　　②出陣　　　③出発　　　④出門

2. （　　） もっと れんしゅうしたほうが いいです。
　　　①連習　　　②連勉　　　③練訓　　　④練習

3. （　　） ことしの はる、だいがくを そつぎょうしたばかりです。
　　　①失業　　　②卒業　　　③就業　　　④出業

問題 3. （　　　　） に ふさわしい ものは どれですか。1・2・3・4 から いちばん いい ものを ひとつ えらんで ください。

1. がいこくでは もっと （　　　　） したほうが いいです。
　　①はいけん　　　②ちゅうい　　　③たいいん　　　④けいかく

2. おもい　びょうきで　（　　　　　）しました。

　　①ふくしゅう　　　　②にゅういん　　　　③れんしゅう　　　　④にゅうがく

3. むすこは　もうすぐ　しょうがっこうに　（　　　　　）します。

　　①えんりょ　　　　　②しょうち　　　　　③にゅうがく　　　　④しょうたい

問題4. つぎの　ことばの　つかいかたで　いちばん　いい　ものを　1・
**　　　2・3・4から　ひとつ　えらんで　ください。**

1. びっくりします

　　①けいさつは　どろぼうを　びっくりします。

　　②ここで　しゃしんを　びっくりしないで　ください。

　　③しけんの　けっかを　びっくりします。

　　④そのニュースを　きいて、びっくりしました。

2. しょくじします

　　①じぶんの　食器は　じぶんで　しょくじします。

　　②かいしゃの　きそくが　しょくじしました。

　　③こんやは　そとで　しょくじしませんか。

　　④あには　いぬに　しょくじして、ちが　でました。

3. せんそうします

　　①せんそうするのは　よく　ありません。

　　②どこかで　さいふを　せんそうしたようです。

　　③おきゃくさんを　げんかんまで　せんそうします。

　　④かれと　レストランで　せんそうします。

動詞

□ 来ます

来、到來

例 彼は きっと 来ます。
他一定會來。

反 行きます 去、往

田中さんは まだ 来ません。
田中小姐還沒有來。

□ いただきます

「食べます」（吃）、
「もらう」（獲得）的
謙讓語

例 わたし「いただきます」 母「たくさん 食べなさい」
我「開動！」 母親「多吃點！」

似 食べます 吃

先生に 辞書を いただきました。
從老師那邊得到字典了。

□ おります

「います」（有、
在）的謙讓語

例 明日は うちに おります。
明天在家。

似 います 有、在

昔、ドイツに 5年 おりました。
以前，在德國待了5年。

□ おっしゃいます

「言います」（說、
稱）的尊敬語

例 今、何と おっしゃいましたか。
您剛剛，説了什麼呢？

似 言います 説、稱

先生は だいじょうぶだと おっしゃいました。
老師説「沒關係」了。

□ **いらっしゃいます**

「来ます」(來)、「行き
ます」(去)、「います」
(在) 的尊敬語

例 先生が いらっしゃいます。
老師在。

似 来ます 來
行きます 去
います 在

お客さんは いつ いらっしゃいますか。
客人何時蒞臨呢？

□ **伺います**

「聞く」(聽、詢問)、「尋ねます」(詢問)、「問う」(問)、
「訪ねます」(拜訪)、「訪問する」(拜訪) 的謙讓語

例 先生に 伺いましょう。
請教老師吧！

似 尋ねます 問
訪ねます 拜訪

分からないので、先輩に 伺いました。
由於不懂，所以請教前輩了。

□ **なさります**

「します」（做）
的尊敬語

例 社長は テニスを なさります。
社長要打網球。

似 します 做

そろそろ ご飯に なさりませんか。
是不是差不多要用膳了呢？

□ **致します**

「します」（做）
的謙讓語

例 部長と よく ゴルフを 致します。
經常和部長打高爾夫球。

似 します 做

先生に 電話を 致しましょう。
打電話給老師吧！

□ **申します**

「言います」（說、
稱）的謙讓語

似 言います 説、稱

例 わたしは 李と 申します。
敝姓李。

わたしは 佐藤と 申します。
敝姓佐藤。

□ **召し上がります**

「食べます」
（吃）的尊敬語

似 食べます 吃

例 ご飯を 召し上がりますか。
您要用膳嗎？

先生は ステーキを 召し上がりました。
老師用牛排了。

□ **やります**

給某人或某物～
（用於地位比自己
低的對象）

似 あげます
給某人～（用於平輩
或比較熟的對象）

例 ペットに えさを やります。
給寵物餵飼料。

花に 水を やって ください。
請給花澆水。

□ **差し上げます**

給某人～（用於長輩或地位
比自己高的對象；「あげま
す」〔給〕的尊敬語）

似 あげます 給

例 部長に お土産を 差し上げます。
送給部長土產。

先生に 何を 差し上げましたか。
送給老師什麼了呢？

206

□ **参<ruby>まい</ruby>ります**

<ruby>例</ruby> 10分以内に　参<ruby>まい</ruby>ります。
10分鐘以內會過去。

先週<ruby>せんしゅう</ruby>、京都<ruby>きょうと</ruby>へ　参<ruby>まい</ruby>りました。
上個禮拜，去了京都。

「来<ruby>き</ruby>ます」（來）、
「行<ruby>い</ruby>きます」（去）
的謙讓語

似 来<ruby>き</ruby>ます 來
　行<ruby>い</ruby>きます 去

□ **拝見<ruby>はいけん</ruby>します**

<ruby>例</ruby> 先生<ruby>せんせい</ruby>の　お手紙<ruby>てがみ</ruby>を　拝見<ruby>はいけん</ruby>します。
拜讀老師的信。

あなたの　手相<ruby>てそう</ruby>を　拝見<ruby>はいけん</ruby>しましょう。
我來拜見您的手相吧！

「見<ruby>み</ruby>ます」（看）
的謙讓語

似 見<ruby>み</ruby>ます 看

動詞

□ **いってらっしゃい**

<ruby>例</ruby> 子<ruby>こ</ruby>ども「お母<ruby>かあ</ruby>さん、いってきます」
母<ruby>はは</ruby>「いってらっしゃい」
小孩「媽媽，我出門囉。」
母親「慢走。」

慢走、路上小心
（對要出門的人說
的招呼語）

□ **いってきます**

<ruby>例</ruby> 娘<ruby>むすめ</ruby>「いってきます」
父<ruby>ちち</ruby>「いってらっしゃい。気<ruby>き</ruby>をつけて」
女兒「我出門囉。」
父親「慢走。路上小心。」

我出門了（外出時
說的招呼語）

□ **ただいま**　　　　　　　　　　　　　我回來了（到家時說的招呼語）

例　弟<ruby>弟<rt>おとうと</rt></ruby>「ただいま」
　　兄<ruby>兄<rt>あに</rt></ruby>「おかえり」

　　弟弟「我回來了。」
　　哥哥「你回來啦！」

□ **おかえりなさい**　　　　　　　　　回來啦（對外出回來的人說的招呼語）

例　<ruby>息子<rt>むすこ</rt></ruby>「ただいま」
　　<ruby>祖母<rt>そぼ</rt></ruby>「おかえりなさい」

　　兒子「我回來了。」
　　祖母「你回來啦！」

□ **おかげさまで**　　　　　　　　　　託您的福

例　<ruby>近所<rt>きんじょ</rt></ruby>の　<ruby>人<rt>ひと</rt></ruby>「お<ruby>元気<rt>げんき</rt></ruby>そうですね」
　　わたし「おかげさまで」

　　鄰居「氣色看起來很好耶！」
　　我「託您的福。」

□ **かまいません**　　　　　　　　　　沒關係

例　わたし「いつまでに　<ruby>渡<rt>わた</rt></ruby>したほうが　いいですか」
　　<ruby>同僚<rt>どうりょう</rt></ruby>「いつでも　かまいませんよ」

　　我「什麼時候之前交比較好呢？」
　　同事「隨時都沒關係喔！」

□ **お久^{ひさ}しぶりです**　　　　　　　好久不見

例 後輩^{こうはい}「岡田先輩^{おかだせんぱい}、お久^{ひさ}しぶりです」
　　先輩^{せんぱい}「久^{ひさ}しぶり」

　　學弟「岡田學長，好久不見！」
　　學長「好久不見！」

□ **お大事^{だいじ}に**　　　　　　　請保重

例 わたし「熱^{ねつ}が　あるので、お先^{さき}に　失礼^{しつれい}します」
　　部長^{ぶちょう}「お大事^{だいじ}に」

　　我「由於發燒，所以先告辭了。」
　　部長「請保重。」

□ **お待^またせしました**　　　　　　讓您久等了

例 上司^{じょうし}「間^まに合^あって、よかった」
　　部下^{ぶか}「すみません、お待^またせしました」

　　上司「能趕上，太好了！」
　　屬下「不好意思，讓您久等了。」

□ **おめでとうございます**　　　　　恭喜

例 わたし「ご結婚^{けっこん}、おめでとうございます」
　　先生^{せんせい}「ありがとう」

　　我「結婚恭喜！」
　　老師「謝謝！」

動詞

實力測驗！

問題1. ＿＿＿＿の　ことばは　どう　よみますか。1・2・3・4から
いちばん　いい　ものを　ひとつ　えらんで　ください。

1. (　　) いますぐ　参ります。
　　　　①もうります　　②さんります　　③かえります　　④まいります

2. (　　) おきゃくさんの　おてがみを　拝見します。
　　　　①かいけん　　②そうけん　　③はいけん　　④しんけん

3. (　　) それに　ついては　すでに　伺って　います。
　　　　①うかがって　　②したがって　　③またがって　　④いやがって

問題2. ＿＿＿＿の　ことばは　どう　かきますか。1・2・3・4から
いちばん　いい　ものを　ひとつ　えらんで　ください。

1. (　　) いっしょに　しょくじを　いたしませんか。
　　　　①作しません　　②製しません　　③上しません　　④致しません

2. (　　) はじめまして。わたしは　林と　もうします。
　　　　①自します　　②申します　　③言します　　④説します

3. (　　) かちょうに　お土産を　さしあげました。
　　　　①付し上げました　　　　　②交し上げました
　　　　③渡し上げました　　　　　④差し上げました

問題3. (　　　　)　に　ふさわしい　ものは　どれですか。1・2・3・4
から　いちばん　いい　ものを　ひとつ　えらんで　ください。

1. 友だち「げんきに　なって、よかったです」　わたし「(　　　　)」
　　①ただいま　　　　②かまいません　　③おかげさまで　　④おだいじに

2. せんせいから　のみものを　（　　　　）。

　　①なさいました　　　　　　　　　②かしこまりました

　　③いたしました　　　　　　　　　④いただきました

3.はは「いってらっしゃい」　むすめ「（　　　　）」

　　①いっときます　　②やっときます　　③いってきます　　④やってきます

問題4. つぎの　ことばの　つかいかたで　いちばん　いい　ものを　1・
2・3・4から　ひとつ　えらんで　ください。

1. いらっしゃいます

　　①せんせいは　わたしに　おみやげを　いらっしゃいました。

　　②このにもつを　いらっしゃって　いただけますか。

　　③かいぎは　ごごから　いらっしゃいましょう。

　　④ジョンせんせいは　アメリカから　いらっしゃったそうです。

2. めしあがります

　　①そろそろ　かいしゃに　めしあがりましょう。

　　②ごはんは　もう　めしあがりましたか。

　　③かいぎの　しりょうを　人数分　めしあがって　ください。

　　④もっと　まえに　めしあがりなさい。

3. おっしゃいます

　　①わたしは　せんせいに　ごいけんを　おっしゃいます。

　　②ぶちょうは　いつも　りょうりを　おっしゃいます。

　　③せんぱいは　なんと　おっしゃいましたか。

　　④わたしは　しゃちょうに　明日の　よていを　おっしゃいました。

□ **きっと**

一定、必然（含有說話者的推測、希望）

<small>かれ</small>
例 彼は きっと 来るはずです。
他應該一定會來。

<small>こども</small>
子供は きっと 好きです。
小孩一定會喜歡。

似 ぜったい 絕對
かならず 一定、必定

□ **だいたい**

大致、大體上

例 だいたい 理解しました。
大致理解了。

<small>りかい</small>

<small>さくひん</small>
作品は だいたい 完成しました。
作品大致完成了。

<small>かんせい</small>

似 たいてい 大抵、大體上

□ **たいてい**

大抵、大體上

<small>じゅうにじ</small> <small>ね</small>
例 たいてい 12時に 寝ます。
大抵12點睡。

<small>やさい</small> <small>か</small>
野菜は たいてい スーパーで 買います。
蔬菜大抵在超級市場買。

似 だいたい 大致、大體上

□ **ずっと**

～得多、～得很、還要、遠遠、很、一直、始終

<small>きのう</small> <small>あたま</small> <small>いた</small>
例 昨日から ずっと 頭が 痛いです。
從昨天開始，頭就一直很痛。

あなたの ことが ずっと 好きです。
一直很喜歡你。

<small>す</small>

□ ほとんど   幾乎、差不多

例 貯金は　ほとんど　ありません。
    幾乎沒有存款。

    雪は　ほとんど　降りません。
    雪幾乎沒有下。

□ けっして   絕對～（不）

例 けっして　あきらめません。
    絕對不放棄。

    彼には　けっして　言わないで　ください。
    請絕對不要跟他說。

□ かならず   一定

例 約束は　かならず　守ります。
    約定一定會遵守。   似 きっと 一定、必然
                                                    （含有説話者
    かならず　見て　ください。   的推測、希
    請一定要看。   望）

                                                 ぜったい 絕對

□ いっぱい   （表示最大的限度
                                             的）滿、充滿、
                                             飽、全

例 おなかが　もう　いっぱいです。   似 たくさん 許多、很多
    肚子已經很飽了。

    鳥が　いっぱい　飛んで　います。
    許多鳥飛著。

□ べつに

另外、並（不）、
（沒有）特別

例 べつに　怒（おこ）って　いません。
並沒有在生氣。

べつに　好（す）きでは　ありません。
沒有特別喜歡。

□ ぜんぜん

全然（不）

例 映画（えいが）は　ぜんぜん　おもしろくなかったです。
電影一點都不有趣。

お酒（さけ）は　ぜんぜん　飲（の）めません。
酒一點都不能喝。

□ そろそろ

慢慢地、徐徐地、漸
漸地、就要、快要、
不久、差不多該〜

例 そろそろ　帰（かえ）らなければ　なりません。
差不多非回家不可了。

そろそろ　寝（ね）ましょう。
差不多該睡覺了吧！

□ すっかり

完全、全部

例 風邪（かぜ）は　すっかり　治（なお）りました。
感冒完全治癒了。

手続（てつづ）きは　すっかり　終（お）わりました。
手續全部完成了。

214

□ ずいぶん

相當、很、非常

例 お金は ずいぶん 貯まりましたか。
錢存得相當多了嗎？

彼女は ずいぶん きれいに なりました。
她變得相當漂亮了。

似 だいぶ 很、甚、極

□ たしか

（根據記憶的）好
像、大概、也許

例 彼は たしか アメリカに いるはずです。
他好像應該在美國。

銀行は たしか あの辺に あります。
銀行好像在那附近。

似 たぶん （主觀推斷
的）大概

おそらく （主觀推斷
的）恐怕、
也許、大概

□ ちっとも

一點也（不）、毫
（不）

例 夫は 家事を ちっとも しません。
丈夫毫不做家事。

母は ちっとも 理解して くれません。
母親一點都不理解我。

似 少しも 一點也（不）、
絲毫也（不）

ぜんぜん 全然（不）

□ なかなか

很、相當、怎麼也
（不）

例 英語が なかなか 上手に なりません。
英語怎麼也無法變厲害。

傷は なかなか 治りません。
傷勢怎麼也好不了。

□ しっかり

牢牢地、好好地、
確實地、充分地

例 しっかり 休んで ください。
請好好休息。

復習を しっかり します。
會確實複習。

似 よく 好好地

きちんと
好好地、牢牢地、準
確地、整整齊齊地、
規規矩矩地

□ それほど

那麼、那種程度

例 今日は それほど 忙しくなかったです。
今天沒有那麼忙。

運動は それほど 好きでは ありません。
沒有那麼喜歡運動。

似 あまり （不）怎麼～

□ そんなに

那麼、那樣地

例 野球は そんなに 上手では ありません。
棒球沒有那麼厲害。

そんなに 謝らないで ください。
請不要那樣地道歉。

□ だいぶ

很、甚、極

例 だいぶ 話せるように なりました。
變得很會説了。

最近、だいぶ 太りました。
最近胖了很多。

似 かなり 相當、很

ずいぶん 相當、很、
非常

□ はっきり　　　　　　　　　　　　清楚、明確

例 字が　はっきり　見えません。
字看不清楚。

予定は　まだ　はっきり　しません。
計畫尚未明確。

□ だんだん　　　　　　　　　　　　逐漸、漸漸

例 だんだん　涼しく　なりました。
漸漸變涼了。

空が　だんだん　暗く　なって　きました。
天空漸漸變暗了。

□ どんどん　　　　　　　　　　　　接連不斷、一個勁兒、順利、旺盛、如火如荼、茁壯

例 時間は　どんどん　過ぎます。
時間不斷飛逝。

子供は　どんどん　成長します。
孩子茁壯成長。

□ もっとも　　　　　　　　　　　　最

例 彼は　もっとも　頼れます。　　　似 いちばん　最
他最靠得住。

この本は　もっとも　役立ちます。
這本書最有助益。

217

實力測驗！

問題1. （　　　）に　入る　いちばん　いい　ものを　1・2・3・4か
ら　ひとつ　えらんで　ください。

1. 木の　うえに　とりが　（　　　）　います。
　　①ぜんぜん　　　　②いっぱい　　　　③しっかり　　　　④けっして

2. かれの　さくひんは　（　　　）　かいました。
　　①たいてい　　　　②きっと　　　　　③べつに　　　　　④それほど

3. さいふの　おかねは　（　　　）　つかいました。
　　①もっとも　　　　②きっと　　　　　③ちっとも　　　　④ほとんど

4. そのニュースは　（　　　）　しりませんでした。
　　①そろそろ　　　　②かならず　　　　③ぜんぜん　　　　④だんだん

5. いけんが　あれば、（　　　）　いって　ください。
　　①それほど　　　　②はっきり　　　　③ちっとも　　　　④ぜんぜん

6. むすこは　（　　　）　ごうかくします。
　　①きっと　　　　　②けっして　　　　③べつに　　　　　④なかなか

7. どうぶつの　なかで　いぬが　（　　　）　すきです。
　　①たいてい　　　　②しっかり　　　　③もっとも　　　　④どんどん

8. むかしの　ことは　（　　　）　わすれました。
　　①ずっと　　　　　②なかなか　　　　③たしか　　　　　④すっかり

問題 2. つぎの　ことばの　つかいかたと　して　いちばん　いい　もの
　　　　を　ひとつ　えらんで　ください。

1. だんだん
　　①かれの　ことが　だんだん　きらいです。
　　②やくそくは　だんだん　まもります。
　　③だんだん　あつく　なります。
　　④おそいですから、だんだん　しつれいします。

2. それほど
　　①えいごは　それほど　むずかしくないです。
　　②それほど　ゆっくり　やすみましょう。
　　③ひとが　それほど　あつまりました。
　　④せんたくものが　それほど　かわきました。

3. ちっとも
　　①ちっとも　ここで　まって　います。
　　②こどもに　ちっとも　おしえるつもりです
　　③くすりを　のんだから、ちっとも　よく　なりました。
　　④このみせの　りょうりは　ちっとも　おいしくないです。

□ **ぜひ**　　　　　　　　　　　　　　　　　　　務必、一定

例 これを　ぜひ　使<ruby>使<rt>つか</rt></ruby>って　ください。
請務必使用這個。

延 きっと　一定、必然
　　　　　（含有說話者
　　　　　的推測、希
　　　　　望）

わたしも　ぜひ　<ruby>参加<rt>さんか</rt></ruby>したいです。
我也一定想參加。

□ **すぐ**　　　　　　　　　　　　　　　　　　馬上、立即、容易、
　　　　　　　　　　　　　　　　　　　　　　　動不動就、（距離、
　　　　　　　　　　　　　　　　　　　　　　　關係）很近

例 <ruby>彼女<rt>かのじょ</rt></ruby>は　すぐ　<ruby>泣<rt>な</rt></ruby>きます。
她動不動就哭。

延 もうすぐ　馬上就要

<ruby>息子<rt>むすこ</rt></ruby>は　<ruby>何<rt>なん</rt></ruby>でも　すぐ　あきらめます。
兒子不管什麼都馬上放棄。

□ **もうすぐ**　　　　　　　　　　　　　　　　馬上就要

例 もうすぐ　<ruby>正月<rt>しょうがつ</rt></ruby>です。
馬上就要過年了。

延 すぐ　馬上、立刻

<ruby>娘<rt>むすめ</rt></ruby>は　もうすぐ　20<ruby>歳<rt>はたち</rt></ruby>です。
女兒馬上就要20歲了。

□ **<ruby>一生懸命<rt>いっしょうけんめい</rt></ruby>**　　　　　　　　　　　拚命努力

例 <ruby>学生<rt>がくせい</rt></ruby>は　<ruby>一生懸命<rt>いっしょうけんめい</rt></ruby>　<ruby>勉強<rt>べんきょう</rt></ruby>するべきです。
學生應該拚命讀書。

これからも　<ruby>一生懸命<rt>いっしょうけんめい</rt></ruby>　<ruby>応援<rt>おうえん</rt></ruby>します。
今後也會拚命支持。

□ たまに

偶爾、不常

例 父は　たまに　料理します。
父親偶爾會做菜。

似 ときどき 有時、偶爾

彼は　たまに　休みます。
他偶爾會請假。

□ まず

首先、姑且、大致

例 帰ったら、まず　手を　洗います。
一回家，會先洗手。

まず　あいさつを　しましょう。
先打個招呼吧！

副詞

□ 急に

突然、一時

例 急に　予定が　入りました。
突然有事情進來。

似 突然 突然

急に　雨が　降って　きました。
忽然下起雨來了。

□ 非常に

非常

例 そのニュースを　聞いて、非常に　心配しました。
聽到那個消息，非常擔心。

似 とても 非常

彼は　非常に　優秀だそうです。
據説他非常優秀。

□ とうとう

終於、到底

例 警察は 犯人を とうとう 捕まえました。
警察終於逮捕到犯人了。

似 ついに 終於
やっと 好不容易、
勉勉強強

彼の チームは とうとう 優勝しました。
他的隊伍終於獲得冠軍了。

□ 代わりに

代替、取代

例 部長の 代わりに 出張します。
要代替部長出差。

妻が 代わりに 運転するそうです。
聽太太說（她）要代為開車。

□ もし

如果、萬一

例 もし 台風なら、休みです。
如果颱風的話，就休息。

もし 持って いるなら、貸して ください。
如果有的話，請借我。

□ できるだけ

盡量、盡可能

例 できるだけ 早く 結婚したいです。
想盡可能早點結婚。

似 なるべく
盡量、盡可能、可能
的話

わたしも できるだけ 参加するつもりです。
我也打算盡可能參加。

□ しばらく

暫時、暫且、片刻、半天、好久、暫且

例 しばらく　様子を　見ましょう。
暫且看一下情況吧！

会社を　しばらく　休まなければ　なりません。
非暫時跟公司請假不可。

□ 久しぶりに

（隔了）好久、久違

例 今日は　久しぶりに　お酒を　飲みました。
今天久違地喝了酒。

久しぶりに　映画を　見ましょう。
來看場久違的電影吧！

□ やっと

好不容易、勉勉強強

例 宿題が　やっと　終わりました。
作業好不容易完成了。

風邪が　やっと　治りました。
感冒好不容易治癒了。

似 ついに　終於
とうとう　終於、到底

□ やはり

仍然、同樣、終歸還是、果然

例 やはり　母の　料理は　最高です。
還是媽媽的料理最棒。

運動は　やはり　体に　いいです。
運動果然對身體好。

似 やっぱり
仍然、同樣、終歸還是、果然

副詞

223

□ やっぱり

仍然、同様、終歸
還是、果然

例 日本と いえば、やっぱり 富士山です。
提到日本，終歸還是富士山。

やっぱり 彼は すごいです。
還是他厲害。

似 やはり
仍然、同様、終歸還
是、果然

□ 割合に

比較地、意外地

例 息子の 部屋は 割合に きれいです。
兒子的房間意外地乾淨。

テストは 割合に よく できました。
考試意外地考得很好。

延 なかなか 很、相當、
非常

けっこう 相當

□ なるほど

（肯定他人的主張
的）的確、誠然、
果然、怪不得

例 なるほど それは いいですね。
的確那個很棒耶！

なるほど 今の 説明で わかりました。
的確藉由現在的説明，明白了。

□ じゅうぶん

十足、充分

例 危ないから、じゅうぶん 注意しなさい。
因為很危険，所以要十分小心！

それは まだ じゅうぶん 使えます。
那個還十足能用。

□ **特**とに   特別、格外、尤其

例 この夏なつは 特とに 暑あつかったです。
這個夏天特別炎熱。

新人しんじんの 中なかで 彼かれが 特とに 優秀ゆうしゅうです。
新人當中,他特別優秀。

□ **なるべく**   盡量、盡可能

例 なるべく 早はやく 来きて ください。   似 できるだけ 盡量、盡可能
請盡可能早點來。

辞書じしょは なるべく 使つかわないで ください。
請盡可能不要使用字典。

□ **もちろん**   當然、不用說

例 もちろん 理解りかいできます。
當然能夠理解。

結婚けっこんの 相手あいては もちろん 彼かれです。
結婚的對象當然是他。

□ **例**たとえば   譬如、比如、例如

例 趣味しゅみは 例たとえば テニスや 料理りょうりです。
興趣比如是網球或是做菜。

果物くだものなら、例たとえば バナナが 好すきです。
水果的話,例如喜歡香蕉。

實力測驗！

問題 1. (　　　)に　入る　いちばん　いい　ものを　1・2・3・4から　ひとつ　えらんで　ください。

1. 今日の　しけんは　(　　　)　かんたんでした。
   ①しっかり　　　②わりあいに　　　③ほとんど　　　④できるだけ

2. かれは　(　　　)　きませんでした。
   ①もうすぐ　　　②ひさしぶり　　　③なるべく　　　④とうとう

3. お酒では　(　　　)　にほんしゅが　すきです。
   ①たとえば　　　②そろそろ　　　③しばらく　　　④かわりに

4. いえに　ついたら、(　　　)　てを　あらいましょう。
   ①もし　　　②ずっと　　　③まず　　　④べつに

5. ことしの　ふゆは　(　　　)　さむかったです。
   ①もうすぐ　　　②とくに　　　③だいぶ　　　④やっと

6. うわさどおり　(　　　)　かのじょは　美人です。
   ①たいてい　　　②かわりに　　　③なるほど　　　④なるべく

7. あした　(　　　)　あめなら　ちゅうしです。
   ①もう　　　②すぐ　　　③もし　　　④ぜひ

8. 一じかん半　かかって　りょうりが　(　　　)　できました。
   ①さっと　　　②きっと　　　③ずっと　　　④やっと

問題 2. つぎの ことばの つかいかたと して いちばん いい もの を ひとつ えらんで ください。

1. なるべく
   ①さくぶんは　なるべく　あしたまでに　だして　ください。
   ②むかしの　かれが　なるべく　わすれられません。
   ③ともだちから　なるべく　じしょを　かりました。
   ④じじょうは　なるべく　わかりました。

2. ぜひ
   ①ぜひ　たべても　おなかが　いっぱいに　なりません。
   ②きょうは　ぜひ　たくさん　あるきました。
   ③くすりを　のんだから、ぜひ　よく　なりました。
   ④こんどの　しけんは　ぜひ　かちたいです。

3. わりあいに
   ①しごとは　わりあいに　おわりました。
   ②じかんなので、わりあいに　かえります。
   ③きょうの　テストは　わりあいに　かんたんでした。
   ④かれは　わたしの　手を　わりあいに　にぎりました。

□ **テニス**

網球

例 いっしょに　テニスを　しませんか。
要不要一起打網球呢？

彼は　テニスが　とても　上手です。
他網球打得非常好。

□ **ピアノ**

鋼琴

例 娘は　ピアノを　習いたがって　います。
女兒想學習鋼琴。

延 楽器 樂器

毎日　ピアノを　3時間　練習します。
每天會練習3個小時的鋼琴。

□ **ノート**

記録、筆記、記事本

例 大事な　ことは　ノートに　書きます。
重要的事情會寫在記事本上。

延 メモ 筆記、記錄、備忘錄
メモ帳 筆記本

それは　わたしの　ノートでは　ありません。
那不是我的記事本。

□ **テキスト**

原文、文本、教科書、教材、課本、講義

例 テキストの　28ページを　開いて　ください。
請翻開教科書的第28頁。

似 教科書 教科書
教材 教材

英語の　テキストを　忘れて　しまいました。
忘記帶英文的教科書了。

□ ステーキ

牛排

例 息子は　ステーキが　大好きです。
兒子非常喜歡牛排。

このステーキは　柔らかくて、おいしいです。
這個牛排很嫩，很好吃。

延 牛肉　牛肉
豚肉　豬肉
鶏肉　雞肉

□ ハンバーグ

漢堡牛肉餅、
漢堡排

例 母が　ハンバーグを　作って　くれました。
母親幫我做漢堡排了。

弟に　よると、今夜は　ハンバーグらしいです。
聽弟弟說，今天晚上好像是漢堡排。

□ ケーキ

蛋糕

例 ケーキを　作ったことが　ありますか。
曾經做過蛋糕嗎？

父の　誕生日に　大きい　ケーキを　買いました。
在爸爸的生日，買了很大的蛋糕。

延 クッキー　餅乾
卵　蛋
バター　奶油

□ サラダ

沙拉

例 昼は　サラダしか　食べませんでした。
白天只吃了沙拉。

子供に　サラダを　たくさん　食べさせましょう。
讓小孩多吃沙拉吧！

延 野菜　蔬菜
栄養　營養

外來語

229

□ **サンドイッチ**　　　　　　　　　　　　　　三明治

（例）娘に　サンドイッチを　作って　あげました。　　延 パン　麵包
　　むすめ　　　　　　　　　　つく
　　幫女兒做了三明治。

　　今朝、サンドイッチを　2つ　食べました。
　　けさ　　　　　　　　　　ふた　　た
　　今天早上，吃了2個三明治。

□ **スーパー**　　　　　　　　　　　　　　　超級市場

（例）母は　自転車で　スーパーへ　行きました。　　延 デパート　百貨公司
　　はは　じ てんしゃ　　　　　　　い
　　母親騎腳踏車去超級市場了。　　　　　　　　　　　商店　商店
　　　　　　　　　　　　　　　　　　　　　　　　　しょうてん
　　スーパーで　果物や　魚を　買いました。
　　　　　　　くだもの　さかな　か
　　在超級市場買了水果和魚。

□ **レポート**　　　　　　　　　　　　　　　（調査、研究的）
　　　　　　　　　　　　　　　　　　　　　　報告、（報章雜誌
　　　　　　　　　　　　　　　　　　　　　　的）報導

（例）レポートの　テーマは　何ですか。
　　　　　　　　　　　　　なん
　　報告的題目是什麼呢？

　　明日までに　レポートを　完成しなければ　なりません。
　　あした　　　　　　　　かんせい
　　明天之前非完成報告不可。

□ **パソコン**　　　　　　　　　　　　　　　個人電腦

（例）新しい　パソコンが　ほしいです。　　　延 コンピューター　電腦
　　あたら
　　想要新的個人電腦。　　　　　　　　　　　　　インターネット　網際
　　　　　　　　　　　　　　　　　　　　　　　　　　　　　　　　網路
　　弟に　パソコンを　壊されました。
　　おとうと　　　　　こわ
　　被弟弟弄壞個人電腦了。

□ コンピューター　　　　　　　　　　電脳

例　コンピューターは　とても　便利です。

延　パソコン　個人電脳

電腦非常方便。

このコンピューターは　使いやすいです。

這台電腦好操作。

□ スーツ　　　　　　　　　　　　（男士）全套西裝、（女士）套裝

例　父が　スーツを　買って　くれました。

延　ネクタイ　領帯

父親幫我買了套裝。

会社へは　スーツを　着なくては　いけません。

去公司一定要穿套裝。

□ スーツケース　　　　　　　　　行李箱

例　スーツケースが　そろそろ　壊れそうです。

似　トランクケース
　　行李箱

　　かばん　包包

行李箱看起來差不多要壞了。

あのスーツケースは　軽そうです。

那個行李箱看起來很輕。

□ ペン　　　　　　　　　　　　　筆

例　太い　ペンは　持ちにくいです。

延　ボールペン　原子筆

粗的筆不好拿。

赤い　ペンを　貸して　もらえますか。

可以借我紅筆嗎？

外來語

□ **ガス**　　　　　　　　　　　　　　　　氣體、瓦斯

例 水道と　ガスの　料金を　払います。
　　すいどう　　　　　りょうきん　　はら
要支付水和瓦斯的費用。

祖母は　ガスで　ご飯を　炊きます。
そぼ　　　　　　はん　　た
祖母用瓦斯煮飯。

□ **アジア**　　　　　　　　　　　　　　　亞洲

例 アジアの　経済は　発展して　います。
　　　　　　けいざい　はってん
亞洲的經濟正在發展中。

アジアの　人を　いじめるな。
　　　　　ひと
不要欺負亞洲人！

延 東南アジア　東南亞
　　とうなん
世界　世界
せかい

□ **アメリカ**　　　　　　　　　　　　　　美洲、美國

例 アメリカの　首都は　どこですか。
　　　　　　　しゅと
美國的首都是哪裡呢？

アメリカの　選挙は　にぎやかです。
　　　　　　せんきょ
美國的選舉很熱鬧。

□ **アフリカ**　　　　　　　　　　　　　　非洲

例 アフリカへ　行ったことは　ありません。
　　　　　　　い
不曾去過非洲。

父は　アフリカへ　出張に　行くそうです。
ちち　　　　　　　しゅっちょう　い
據說父親要去非洲出差。

□ **アナウンサー**

播報員、播音員、
司儀、主持人

例 将来、アナウンサーに なりたいです。
將來，想當播報員。

彼女の 話し方は アナウンサーのようです。
她講話的方式好像播報員。

□ **プレゼント**

禮品、禮物、贈品

例 プレゼントは 何でも うれしいです。
不管什麼禮物都開心。

誕生日の プレゼントは 何が ほしいですか。
生日禮物想要什麼呢？

似 贈り物 禮品、禮物、
贈品
延 リボン 緞帶、絲帶

□ **パパ**

爸爸

例 わたしの パパは サラリーマンです。
我的爸爸是上班族。

由美ちゃんの パパは とても 優しいです。
由美的爸爸非常溫柔。

似 お父さん 父親的敬稱
反 ママ 媽媽

□ **ママ**

媽媽

例 ママは 料理が 上手です。
媽媽很會做菜。

ママは 毎日 掃除したり、洗濯したり します。
媽媽每天會打打掃、洗洗衣服。

似 お母さん 母親的敬稱
反 パパ 爸爸

實力測驗！

問題1. ( ) に 入る いちばん いい ものを 1・2・3・4か
ら ひとつ えらんで ください。

1. こんばん （ ） を たべに いきましょう。
   ①ステーキ　　　②ガス　　　　　③テキスト　　　④スーパー

2. （ ） まで ひこうきで どのくらいですか。
   ①テニス　　　　②アメリカ　　　③ケーキ　　　　④パパ

3. しごとの とき、（ ） を きます。
   ①ノート　　　　②アナウンサー　③スーツ　　　　④アジア

4. けさは （ ） しか たべませんでした。
   ①サラダ　　　　②チェック　　　③タイプ　　　　④ガラス

5. （ ） は ゆうびんきょくに つとめて います。
   ①ジャム　　　　②レジ　　　　　③ガス　　　　　④パパ

6. いつか （ ） へ いって みたいです。
   ①サラダ　　　　②ガラス　　　　③プレゼント　　④アフリカ

7. ほとんどの こどもは （ ） が すきなようです。
   ①タバコ　　　　②ワイン　　　　③ガソリン　　　④ハンバーグ

8. （ ） の しごとは たいへんです。
   ①オーバー　　　　　　　②アナウンサー
   ③ステレオ　　　　　　　④エスカレーター

問題 2. つぎの　ことばの　つかいかたと　して　いちばん　いい　もの
　　　　を　ひとつ　えらんで　ください。

1. テニス

　　①スポーツの　なかで　テニスが　いちばん　とくいです。

　　②ステーキと　テニスの　かんけいは　ふかいです。

　　③もんだいの　テニスは　わかりましたか。

　　④しゅうまつは　テニスが　わるいので、いけません。

2. スーツケース

　　①がっこうの　スーツケースは　きびしいです。

　　②つきに　いっかい　スーツケースを　よみます。

　　③スーツケースの　なかに　何を　いれますか。

　　④あのスーツケースは　とても　こわいです。

3. レポート

　　①このまちの　おもな　レポートは　てっこうです。

　　②さいきんの　レポートは　とても　すすんで　います。

　　③わたしたちは　レポートの　いちいんです。

　　④まいにち　レポートが　あるので　たいへんです。

外來語

□ **ジャム**　　　　　　　　　　　　　　　　　果醬

例 母が　作ったジャムは　おいしいです。　　　延 バター　奶油
母親做的果醬很好吃。

このジャムは　りんごから　作られました。
這個果醬是用蘋果做成的。

□ **アルコール**　　　　　　　　　　　　　酒精、酒類的統稱

例 アルコールは　体に　悪いですか。　　　延 ビール　啤酒
酒對身體不好嗎？
　　　　　　　　　　　　　　　　　　　　　　ウイスキー　威士忌
アルコールで　手を　消毒しましょう。　　　日本酒　日本酒
用酒精消毒手吧！

□ **ワイン**　　　　　　　　　　　　　　　　葡萄酒

例 妻は　毎晩　ワインを　飲みます。　　　延 ぶどう　葡萄
妻子每天晚上都會喝葡萄酒。

ワインは　赤と　白の　どちらが　いいですか。
葡萄酒紅的和白的，哪一種好呢？

□ **コーヒー**　　　　　　　　　　　　　　　咖啡

例 いっしょに　コーヒーを　飲みませんか。　延 お茶　茶
要不要一起喝個咖啡呢？
　　　　　　　　　　　　　　　　　　　　　　ミルク　牛奶
コーヒーに　砂糖を　入れますか。　　　　砂糖　糖
咖啡要加糖嗎？

□ タバコ

菸草、菸葉、香菸

例 タバコを 吸っても いいですか。
可以抽菸嗎？

延 ライター 打火機
　　マッチ 火柴

ここで タバコを 吸わないで ください。
這裡請勿抽菸。

□ レジ

收銀台、收銀員

例 会計は レジで お願いします。
結帳麻煩到收銀台。

延 現金 現金
　　クレジットカード
　　信用卡
　　支払い 支付、付款

レジに たくさんの 人が 並んで います。
收銀台排著很多人。

□ アルバイト

打工、兼差

外來語

例 楽な アルバイトを 探して います。
正在找輕鬆的打工。

似 バイト 打工、兼差；
　　「アルバイ
　　ト」の略語
　　給料 薪水
　　時給 時薪
　　残業 加班

コンビニで アルバイトを して います。
正在便利商店打工。

□ ガラス

玻璃

例 ガラスが 汚れて いるから、拭きました。
因為玻璃很髒，所以擦拭了。

ガラスを 磨いて、きれいに します。
擦拭玻璃，把它弄乾淨。

□ ステレオ

立體、立體聲、
立體音響

例 父の ステレオが 壊れて しまいました。
父親的立體音響壞掉了。

祖父は ステレオを 大切に して います。
祖父愛惜著立體音響。

延 スピーカー
擴音器、揚聲器、喇
叭、演説家

レコード 記錄、唱片

□ タイプ

類型、打字機、
打字

例 彼は わたしの タイプです。
他是我喜歡的類型。

どんな タイプの 女性が 好きですか。
喜歡什麼樣類型的女性呢？

□ ゴルフ

高爾夫（球）

例 夫は 週末、ゴルフに 行くそうです。
據説丈夫週末要去打高爾夫。

わたしも ゴルフを 習いたいです。
我也想學高爾夫。

□ ソフト

柔軟、紳士帽、霜
淇淋、壘球、電腦
軟體

例 この会社は ソフトを 開発して います。
這個公司正在開發軟體。

翻訳の ソフトは 役に 立ちません。
翻譯的軟體派不上用場。

反 ハード 堅硬、費力、
電腦硬體

延 ソフトクリーム
霜淇淋

ソフトボール 壘球

□ チェック

支票、方格花紋、確認

例 毎朝、メールの チェックを します。
まいあさ
每天早上會確認電子郵件。

最後の チェックは 課長の 仕事です。
さい ご　　　　　　　　　　　か ちょう　　　 し ごと
最後的確認是課長的工作。

延 チェックイン
辦理住房

チェックアウト
辦理退房

□ パート

（企業中比正式人員勞動時間短的）兼職

例 スーパーで パートを 募集して います。
ぼ しゅう
超級市場正在招募兼職。

社長は パートを 雇うことに したようです。
しゃちょう　　　　　　　　　 やと
社長好像決定要雇用兼職了。

似 パートタイム
（企業中比正式人員勞動時間短的）兼職

延 契約 契約、合同
けいやく

□ コンサート

演奏會、音樂會、演唱會

例 土曜日、コンサートに 行くつもりです。
ど よう び　　　　　　　　　　　い
打算星期六去音樂會。

コンサートは 2時から 始まります。
に じ　　　　　 はじ
演奏會從2點開始。

延 演奏 演奏
えんそう
舞台 舞台
ぶ たい
歌手 歌手
か しゅ

□ カーテン

窗簾、幕

例 カーテンを 閉めても いいですか。
し
可以把窗簾拉起來嗎？

カーテンを 開けたほうが いいです。
あ
拉開窗簾比較好。

□ オーバー

超過、誇大、誇張、過火、防寒用的外套

(例) 彼の 言うことは オーバーです。
他説的話太誇大。

赤い オーバーを 買いたいです。
想買紅色的外套。

□ サンダル

涼鞋

(例) このサンダルは 大きすぎます。
這雙涼鞋太大了。

サンダルを 履いて 海へ 行きます。
穿涼鞋去海邊。

延 スリッパ 拖鞋

□ アクセサリー

（搭配衣服的）裝飾品、（機械的）附屬品

(例) 誕生日に アクセサリーを もらいました。
生日時獲得了飾品。

姉は アクセサリーを たくさん 持って います。
姊姊擁有很多飾品。

延 イアリング 垂吊式的耳環

ピアス 耳針式的耳環
指輪 戒指
ネックレス 項鍊

□ エスカレーター

電扶梯

(例) エスカレーターで 遊ばないで ください。
請不要在電扶梯上玩耍。

エスカレーターで 上の 階に 行きます。
要搭電扶梯去上面的樓層。

延 エレベーター 電梯
階段 樓梯

□ ガソリン

汽油

例 そろそろ　ガソリンが　なくなりそうです。
看來汽油差不多要沒了。

延 石油 <ruby>石油<rt>せきゆ</rt></ruby>

<ruby>旅行<rt>りょこう</rt></ruby>の　<ruby>前<rt>まえ</rt></ruby>に、ガソリンを　<ruby>入<rt>い</rt></ruby>れました。
旅行之前，加了汽油。

□ ガソリンスタンド

加油站

例 <ruby>近<rt>ちか</rt></ruby>くに　ガソリンスタンドは　ありますか。
附近有加油站嗎？

ガソリンスタンドを　<ruby>左<rt>ひだり</rt></ruby>に　<ruby>曲<rt>ま</rt></ruby>がって　ください。
請在加油站向左彎。

□ オートバイ

摩托車、機車

例 オートバイに　<ruby>乗<rt>の</rt></ruby>ることが　できません。
不會騎摩托車。

似 バイク 摩托車、機車
延 <ruby>自転車<rt>じてんしゃ</rt></ruby> 腳踏車

<ruby>今日<rt>きょう</rt></ruby>は　オートバイで　<ruby>行<rt>い</rt></ruby>きましょう。
今天騎摩托車去吧！

□ スクリーン

屏風、紗窗、（電影）銀幕、（電腦）螢幕

例 スクリーンに　ほこりが　ついて　います。
螢幕上沾著灰塵。

スクリーンは　<ruby>大<rt>おお</rt></ruby>きいほうが　いいです。
螢幕大的比較好。

外來語

241

實力測驗！

問題1. (　　　) に 入る いちばん いい ものを 1・2・3・4か
　　　ら ひとつ えらんで ください。

1. うみに 行くなら、(　　　) を はいたほうが いいです。
　　①テキスト　　　　②サンダル　　　　③オーバー　　　　④マイナス

2. きょうは さむいから、(　　　) を きて いきます。
　　①オーバー　　　　②ソーダー　　　　③スーパー　　　　④ヒーター

3. おかねは (　　　) で しはらって ください。
　　①ゴム　　　　　　②ダム　　　　　　③キロ　　　　　　④レジ

4. ガソリンスタンドで (　　　) を いれましょう。
　　①カソリン　　　　②ガソリン　　　　③カロリー　　　　④ガロリー

5. (　　　) で 3がいに いきます。
　　①コンピューター　　　　　　　　②シャッター
　　③ジャーナリスト　　　　　　　　④エスカレーター

6. たいわんでは (　　　) に のる人が おおいです。
　　①レポート　　　　②ステレオ　　　　③オートバイ　　　④スクリーン

7. あのかしゅの (　　　) に いったことが あります。
　　①ハンバーグ　　　②アナウンサー　　③カーテン　　　　④コンサート

8. ははは せんげつから (　　　) を はじめました。
　　①ケーキ　　　　　②スーツ　　　　　③パート　　　　　④ノート

問題 2. つぎの　ことばの　つかいかたと　して　いちばん　いい　もの
を　ひとつ　えらんで　ください。

1. アクセサリー
   ①でかけるまえに、アクセサリーを　しめて　ください。
   ②まいばん　つまと　アクセサリーを　のむのが　たのしみです。
   ③デートなので、あねから　アクセサリーを　かりました。
   ④にほんの　アクセサリーは　一おく人いじょうです。

2. タイプ
   ①おとうとは　タイプに　かよって　います。
   ②しあいの　とき、タイプを　まもって　ください。
   ③わたしの　タイプは　すずきさんの　よこです。
   ④かのじょは　わたしの　りそうの　タイプです。

3. ガラス
   ①ガラスが　われると、あぶないです。
   ②きせつが　かわると、ガラスも　かわります。
   ③びょういんへ　ともだちの　ガラスに　いきました。
   ④もうすぐ　ガラスの　きせつです。

外來語

（一）接續詞

□ **そして**　　　　　　　　　　　　　而且、然後、於是

例 そして、あなたと　出会いました。
　　然後，就和你相遇了。

　　そして、家に　帰りました。
　　於是，就回家了。

□ **それで**　　　　　　　　　　　　　（承接前面的敘
　　　　　　　　　　　　　　　　　　述）所以、那麼、
　　　　　　　　　　　　　　　　　　後來

例 今日は　雨です。それで、試合は　中止です。　似 だから 所以
　　今天下雨。所以，比賽取消了。

　　それで、あなたは　どうしましたか。
　　所以，你（那時）怎麼做呢？

□ **だから**　　　　　　　　　　　　　所以

例 台風です。だから、学校は　休みです。　似 それで （承接前面的
　　颱風要來。所以，學校放假。　　　　　　　　敘述）所以

　　頭が　痛いです。だから、薬を　飲みます。
　　頭很痛。所以，要吃藥。

□ しかし

然而、但是

例 しかし、実際は　ちがいました。
但是，實際上不一樣。

しかし、それは　事実では　ありません。
但是，那不是事實。

似 でも　可是、不過
　　ところが　可是、然而
　　けれど　然而、但是

□ でも

可是、不過

例 熱が　あります。でも、会社へ　行きます。
發燒了。不過，要去公司。

努力しました。でも、だめでした。
努力了。可是，還是不行。

似 しかし　然而、但是
　　ところが　可是、然而
　　けれど　然而、但是

□ ところが

可是、然而

例 買物へ　行きました。ところが、財布を　忘れました。
去買東西了。可是，忘了帶錢包。

会社へ　来ました。ところが、今日は　休みでした。
來公司了。可是，今天放假。

似 しかし　然而、但是
　　でも　可是、不過
　　けれど　然而、但是

其他

□ ところで

（突然轉變話題）
對了

例 ところで、映画を　見に　行きませんか。
對了，要不要去看電影呢？

ところで、今から　うちへ　来ませんか。
對了，要不要現在到我家呢？

□ けれど　　　　　　　　　　　　　　　　　　然而、但是

例 高いです。けれど、買います。　　　　　　　似 しかし 然而、但是
　 很貴。但是，要買。　　　　　　　　　　　　　　 でも 可是、不過
　 料理は　下手です。けれど、作ります。　　　　 ところが 可是、然而
　 菜做得不好。但是，要做。

□ すると　　　　　　　　　　　　　　　　　　於是就、那麼說來

例 ボタンを　押しました。すると、動きました。
　 按了按鈕。於是，就動了。
　 塩を　入れました。すると、おいしく　なりました。
　 加了鹽。於是，變好吃了。

□ または　　　　　　　　　　　　　　　　　　或、或是、或者

例 黒　または　青で　書いて　ください。　　　　似 あるいは 或、或是、
　 請用黑色或藍色書寫。　　　　　　　　　　　　　　　　　　　或者
　 ソース　または　醤油を　加えます。　　　　　延 それとも 還是、或者
　 加調味醬汁或是醬油。

□ それとも　　　　　　　　　　　　　　　　　還是、或者

例 今日が　いいですか。それとも、明日が　いいですか。　延 または 或、或是、
　 今天好呢？或者，明天好呢？　　　　　　　　　　　　　　　　　　或者
　 肉に　しますか。それとも、魚に　しますか。　　　 あるいは 或、或是、
　 決定肉呢？還是，決定魚呢？　　　　　　　　　　　　　　　　　　或者

□ それに

而且、再加上

例 彼は　ハンサムです。それに、頭も　いいです。
他很英俊。而且，頭腦也好。

今日は　晴れです。それに、風も　ありません。
今天是晴天。而且，也沒有風。

似 そのうえ 而且、並
　　　　　　且、加之

　　しかも 而且、並且

□ これから

（現在開始的）之
後、今後、將來、
從此

例 これから　会議です。
接下來要開會。

これから　もっと　がんばります。
今後會更加努力。

□ それでも

儘管如此、可是

例 地図を　見ました。それでも、分かりません。
看地圖了。可是，還是不知道。

努力しました。それでも、だめでした。
努力了。可是，還是不行。

延 でも 可是、不過
　　しかし 然而、但是

其他

□ それなのに

儘管那樣、
即便那樣

例 水しか　飲んで　いません。それなのに、太りました。
只喝了水。即便那樣，還是胖了。

今日から　セールです。それなのに、お金が　ありません。
從今天開始大減價。即便那樣，沒有錢。

（二）連語

□ **できるだけ**   盡量、盡可能

例 できるだけ 安く して ください。   <small>延</small> なるべく
　 <ruby>安<rt>やす</rt></ruby>   盡量、盡可能、可能
　 請盡量算便宜。   的話

　 できるだけ <ruby>早<rt>はや</rt></ruby>く <ruby>帰<rt>かえ</rt></ruby>ります。
　 會盡量早回來。

□ **について**   關於～、就～、
                                          對於～

例 この<ruby>件<rt>けん</rt></ruby>に ついて、<ruby>何<rt>なに</rt></ruby>か <ruby>質問<rt>しつもん</rt></ruby>が ありますか。
　 關於這件事情，有什麼提問嗎？

　 これから、イベントに ついて <ruby>話<rt>はな</rt></ruby>し<ruby>合<rt>あ</rt></ruby>います。
　 接下來，就活動進行討論。

（三）複合語

☐ **～はじめる**　　　　　　　　　　　　開始～

例 ドイツ語を　習いはじめました。　　　反 ～おわる ～完
開始學習德文了。

雨が　降りはじめました。
雨開始下了。

☐ **～おわる**　　　　　　　　　　　　　～完

例 宿題の　作文は　もう　書きおわりました。　反 ～はじめる 開始～
作文作業已經寫完了。

夕ご飯を　作りおわりました。
做完晚餐了。

☐ **～すぎる**　　　　　　　　　　　太～、過於～、
　　　　　　　　　　　　　　　　　　　～太多

例 給料日前なのに、買いすぎて　しまいました。
明明是發薪日之前，卻買過頭了。

おいしくて、つい　食べすぎました。
很好吃，不由得吃過頭了。

□ 〜出<small>だ</small>す　　　　　　　　　　　　開始〜、〜起來

例 新<small>あたら</small>しい　商品<small>しょうひん</small>を　売<small>う</small>り出<small>だ</small>すつもりです。
打算開始發售新的產品。

電車<small>でんしゃ</small>が　もうすぐ　動<small>うご</small>き出<small>だ</small>します。
電車再過不久就會起動。

□ 〜やすい　　　　　　　　　　　　　容易〜、好〜

例 この靴<small>くつ</small>は　歩<small>ある</small>きやすいです。
這雙鞋子好走。

佐藤先生<small>さとうせんせい</small>の　説明<small>せつめい</small>は　分<small>わ</small>かりやすいです。
佐藤老師的説明容易懂。

反 〜にくい　難〜、
　　　　　　不好〜

□ 〜にくい　　　　　　　　　　　　難〜、不好〜

例 友<small>とも</small>だちの　ペンは　書<small>か</small>きにくいです。
朋友的筆很難寫。

古<small>ふる</small>い　引<small>ひ</small>き出<small>だ</small>しは　開<small>あ</small>けにくいです。
舊的抽屜不好開。

反 〜やすい　容易〜、
　　　　　　好〜

（四）副助詞

□ ～ばかり

例 肉ばかり 食べないで ください。
請不要光吃肉。

人生は 楽しいことばかりでは ありません。
人生不是只有開心的事。

只～、淨～、光～、
（接在動詞た形之
後，表示）剛剛

延 ～だけ 只～

實力測驗！

問題1.（　　　）に　入る　いちばん　いい　ものを　1・2・3・4か
　　　ら　ひとつ　えらんで　ください。

1. ちちは　最近　えいごを　ならい（　　　　）ました。
　　①すぎ　　　　　②はじめ　　　　　③かえ　　　　　④おくれ

2. 買物に　でかけました。（　　　　）、さいふを　わすれました。
　　①それでも　　　②すると　　　　　③ところが　　　④それに

3. あめが　ふりました。（　　　　）、しあいは　ちゅうしに　なりました。
　　①または　　　　②それで　　　　　③けれど　　　　④しかも

4. このフォークは　もち（　　　　）です。
　　①たかい　　　　②ふるい　　　　　③しろい　　　　④にくい

5. おっとは　さっき　かえった（　　　　）です。
　　①ついで　　　　②だけ　　　　　　③ばかり　　　　④かわり

6. （　　　　）、これから　のみに　いきませんか。
　　①ところが　　　②すると　　　　　③それなのに　　④ところで

7. あしたからの　テストに　（　　　　）、わからないことが　ありますか。
　　①ついて　　　　②ばかり　　　　　③しまい　　　　④おいで

8. あかちゃんが　きゅうに　なき（　　　　）ました。
　　①がし　　　　　②すぎ　　　　　　③だし　　　　　④おき

問題 2. つぎの　ことばの　つかいかたと　して　いちばん　いい　もの
　　　　を　ひとつ　えらんで　ください。

1. それとも
　　①バスで　いきますか。それとも、でんしゃで　いきますか。
　　②でんきを　けしました。それとも、なにも　みえなく　なりました。
　　③おなかが　すきました。それとも、ラーメンを　つくりました。
　　④かぜを　ひきました。それとも、かいしゃを　やすみました。

2. すぎる
　　①レポートは　もうすぐ　かきすぎます。
　　②はんとしまえから　ピアノを　ならいすぎました。
　　③きのう　のみすぎて、あたまが　いたいです。
　　④ごはんを　たべすぎたら、すぐに　しゅくだいを　しなさい。

3. できるだけ
　　①このりょうりは　できるだけ　まずいです。
　　②こうえんに　はなが　できるだけ　さいて　います。
　　③いちねんで　できるだけ　さむいのは　にがつです。
　　④できるだけ　はやく　あるきましょう。

附錄：實力測驗解答

運用本書最後的「實力測驗」解答與中文翻譯，
釐清盲點，一試成功！

問題 1.

1. ③ 夫は 銀行で 働いて います。 丈夫在銀行上班。

2. ② 部長の お子さんは アメリカに 住んで いるそうです。
聽説部長的小孩住在美國。

3. ③ あそこに いるのは 家内の お兄さんです。
在那裡的是內人的哥哥。

問題 2.

1. ② 父は 昔、公務員でした。 父親以前是公務員。

2. ② 娘は 料理が 苦手です。 女兒不擅長做菜。

3. ③ わたしは スーパーの 店員を して います。
我是超級市場的店員。

問題 3.

1. ④ 警察は （泥棒）を 捕まえました。 警察逮到小偷了。

2. ① （祖父）は 来月 100歳に なります。 祖父下個月迎來100歲。

3. ④ わたしは （親）と いっしょに 住んで います。
我和父母親一起住。

問題 4.

1. ① 運転手は 電車を 運転します。 駕駛開著電車。

2. ① 看護師は すばらしい 仕事です。 護理師是了不起的工作。

3. ① 息子の 夢は お金持ちに なることです。
兒子的夢想是成為有錢人。

問題 1.

1.④ わたしは 漫画の 本を たくさん 持って います。
我擁有很多漫畫。

2.② 都会の 空気は 新鮮では ありません。 都市的空氣不新鮮。

3.① 公園に 大きい 池が あります。 公園裡有很大的池塘。

問題 2.

1.③ 今年は 雪が 降りませんでした。 今年沒有下雪。

2.① 昨日から 地震が 何度も あります。 從昨天開始地震了好幾次。

3.② この湖は 日本で 一番 大きいです。 這個湖泊在日本是最大的。

問題 3.

1.② 今日は （月）が 出て いません。 今天月亮沒有出來。

2.④ 大きい （台風）で 木が 倒れました。
因為大型颱風，樹木倒了。

3.② 昨日の （火事）で 8人も 死んだそうです。
據説因為昨天的火災，死了8人之多。

問題 4.

1.③ 駅の 放送を しっかり 聞きます。 仔細地聽車站的廣播。

2.② どんな テレビ番組が 好きですか。 喜歡什麼樣的電視節目呢？

3.④ この島の 景色は すばらしいです。 這座島嶼景色絕佳。

問題 1.

1.② 彼は 髪を 切ったほうが いいです。 他剪掉頭髮比較好。

2.① お腹も 痛いし、喉も 痛いです。 肚子也痛，而且喉嚨也痛。

3.④ 薬を 飲んだのに、まだ 頭が 痛いです。
明明就吃藥了，頭還是痛。

問題 2.

1.③ 毎年 5月に なると、鼻が 痒いです。
每年一到5月，鼻子就很癢。

2.② 検査が あるので、爪を 切らなければ なりません。
由於有檢查，非剪指甲不可。

3.③ 父は 病気なのに、会社へ 行きました。
父親明明生病，還是去公司了。

問題 3.

1.② 天気が いいと、(気持ち) が いいです。
只要天氣好，心情就會好。

2.④ (喉) が 渇いたので、水を 飲みましょう。
由於喉嚨很渴，喝水吧！

3.① このブラシの (毛) は とても 柔らかいです。
這個刷子的毛非常柔軟。

問題 4.

1.① あの老人の 髭は 全部 白いです。 那個老人的鬍子全白。

2.③ 息子は テニスの 試合で 怪我を しました。
兒子在網球比賽受傷了。

3.④ 髪は よく 洗ってから、染めたほうが いいです。
頭髮要好好洗之後再染比較好。

第 **04** 天

問題 1.

1.② 妹の お腹には 赤ちゃんが います。　妹妹的肚子裡有寶寶。

2.① これは 買物の お釣りです。　這是買東西找的錢。

3.④ 昼寝の 時間は ３０分くらいです。　午睡的時間是30分鐘左右。

問題 2.

1.② 出かける前、熱が 少し ありました。　出門前，有點發燒。

2.② オートバイの 具合が 悪いです。　機車的狀況不好。

3.② 昼間は ずっと 家に います。　白天一直在家。

問題 3.

1.① 娘の （彼）は 中学校の 先生だそうです。
據說女兒的男朋友是國中老師。

2.④ わたしは 真面目な （男性）が 好きです。　我喜歡認真的男性。

3.③ （八百屋）の 野菜は 新鮮です。　蔬果店的蔬菜很新鮮。

問題 4.

1.② 昔 この辺は 海だったそうです。　據說以前這附近是海。

2.① 水曜日は 燃えるごみの 日です。　星期三是可燃垃圾的日子。

3.③ オートバイで 事故に 遭いました。　騎摩托車出事故了。

實力測驗解答

第 **05** 天

問題 1.

1. ② 科学の 授業は 役に 立ちます。　科學的課很有益處。

2. ② わたしは アメリカで 経済を 学びました。　我在美國學了經濟。

3. ③ 今年の 春、社会に 出ます。　今年的春天出社會。

問題 2.

1. ④ 娘は 幼稚園の 先生に なりたいそうです。

據說女兒想成為幼稚園的老師。

2. ① わたしは 政治に 関心が ありません。　我對政治不關心。

3. ④ 歴史から 学ぶことは 多いです。　從歷史學的事情很多。

問題 3.

1. ③ （校長）は 話が とても 上手です。　校長講話非常高明。

2. ③ 彼女は （先輩）に いじめられて います。　她被學長姊欺負。

3. ② わたしは 妹に （数学）を 教えます。　我教妹妹數學。

問題 4.

1. ④ この辺の 地理は 詳しいですか。　這附近的地理環境清楚嗎？

2. ② 西洋の 文学に 興味が あります。　對西洋的文學有興趣。

3. ① 現代の 医学は 非常に 進んで います。　現代的醫學非常進步。

問題 1.

1. ① 学校で 貿易に ついて 学んで います。
がっこう ぼうえき まな
在學校，正就貿易學習著。

2. ③ 上司に 産業の ことを 教えて もらいます。
じょう し さんぎょう おし
跟主管請教產業的事情。

3. ③ 息子は 忘れ物が 多すぎます。 兒子太常忘記東西。
むすこ わす もの おお

問題 2.

1. ④ 大学時代、京都に 下宿を して いました。
だいがく じ だい きょう と げ しゅく
大學時代，在京都住在含食宿的租屋。

2. ② 先輩から 技術を 教わりました。 跟前輩學習技術。
せんぱい ぎ じゅつ おそ

3. ① 運動の 後、シャワーを 浴びます。 運動後，會淋浴。
うんどう あと あ

問題 3.

1. ② このあと （文学）の 授業が あります。 接下來有文學課。
ぶんがく じゅぎょう

2. ② 娘は 2歳なので、（字）が 読めません。
むすめ にさい じ よ
由於女兒2歲，所以還不識字。

3. ② 外国人と （会話）の 練習を します。 和外國人做會話的練習。
がいこくじん かい わ れんしゅう

問題 4.

1. ① 日本語の 文法が 分かるように なりました。
に ほん ご ぶんぽう わ
變得懂日語文法了。

2. ② あの先生の 講義は とても 人気が あります。
せんせい こう ぎ にん き
那位老師的上課非常受歡迎。

3. ③ 雨が 降っても、試合は 中止しません。
あめ ふ し あい ちゅう し
就算下雨，比賽也不中止。

問題 1.

1. ① 味が ちょっと 濃いですね。　味道有點濃耶。

2. ④ 週末、スーパーで 食料品を たくさん 買いました。
週末，在超級市場買了很多的食品。

3. ① 日本の 米は やはり おいしいです。　日本的米果然好吃。

問題 2.

1. ① ワインは 葡萄から 作るそうです。　據説紅酒是葡萄做成的。

2. ③ わたしは 味噌を 作ったことが あります。　我曾經做過味噌。

3. ① 母の 日の 贈物は 何が いいと 思いますか。
覺得母親節的禮物什麼好呢？

問題 3.

1. ② 今夜、娘が 合格した（お祝い）を します。
今天晚上，要幫女兒考上慶祝。

2. ② どこからか おいしそうな （匂い）が します。
從哪裡傳來好像很好吃的香味。

3. ④ 旅行先で 妻に （お土産）を 買いました。
在旅行的地方為太太買了禮物。

問題 4.

1. ④ 分かるように きちんと 説明を して ください。
為了能了解，請確實説明。

2. ② できなくても 仕方が ないと 思います。
我覺得就算做不到也沒辦法。

3. ② パーティーで ご馳走を いっぱい 食べました。
在宴會吃了很多佳餚。

問題 1.

1. ② 船<ruby>で<rt>ふね</rt></ruby> 沖縄<ruby><rt>おきなわ</rt></ruby>へ 遊<ruby>び<rt>あそ</rt></ruby>に 行<ruby>き<rt>い</rt></ruby>ましょう。　搭船去沖繩玩吧！

1. ② 船<ruby>ふね</ruby>で 沖縄<ruby>おきなわ</ruby>へ 遊<ruby>あそ</ruby>びに 行<ruby>い</ruby>きましょう。　搭船去沖繩玩吧！

2. ③ 父<ruby>ちち</ruby>は 普通<ruby>ふつう</ruby>の 会社員<ruby>かいしゃいん</ruby>です。　父親是普通的上班族。

3. ③ 都会<ruby>とかい</ruby>は 交通<ruby>こうつう</ruby>が 便利<ruby>べんり</ruby>です。　都市的交通便利。

問題 2.

1. ③ 息子<ruby>むすこ</ruby>は 乗<ruby>の</ruby>り物<ruby>もの</ruby>の おもちゃが 好<ruby>す</ruby>きです。
  兒子喜歡交通工具的玩具。

2. ③ 同僚<ruby>どうりょう</ruby>は 会社<ruby>かいしゃ</ruby>の 規則<ruby>きそく</ruby>を 破<ruby>やぶ</ruby>りました。　同事打破了公司的規則。

3. ① 急行<ruby>きゅうこう</ruby>なら、一時間<ruby>いちじかん</ruby>で 着<ruby>つ</ruby>きます。　如果是快車的話，一個小時會到。

問題 3.

1. ② 黒板<ruby>こくばん</ruby>の （通<ruby>とお</ruby>り）に 書<ruby>か</ruby>いて ください。　請如同黑板那樣寫。

2. ① （近所<ruby>きんじょ</ruby>）に 迷惑<ruby>めいわく</ruby>を かけないほうが いいです。
  不要給鄰居添麻煩比較好。

3. ② 都会<ruby>とかい</ruby>の 家賃<ruby>やちん</ruby>は （郊外<ruby>こうがい</ruby>）の ３倍<ruby>さんばい</ruby>です。　都市的房租是郊外的3倍。

問題 4.

1. ① 港<ruby>みなと</ruby>に 船<ruby>ふね</ruby>が たくさん 泊<ruby>と</ruby>まって います。　港口停泊著許多船隻。

2. ④ 部屋<ruby>へや</ruby>の 隅<ruby>すみ</ruby>に ごみが たくさん あります。
  房間的角落有一大堆垃圾。

3. ② 母<ruby>はは</ruby>の 料理<ruby>りょうり</ruby>は 世界<ruby>せかい</ruby>で 一番<ruby>いちばん</ruby> おいしいです。
  媽媽做的菜是世界第一好吃。

實力測驗解答

問題 1.

1. ② 正月に 赤い 下着を 着るつもりです。　新年打算穿紅色的內褲。

2. ② 手袋を なくして しまいました。　把手套弄丟了。

3. ① 台風で 遠足が 中止に なりました。
因颱風，遠足變成取消了。

問題 2.

1. ③ もう 少し いい 格好を したほうが いいです。
再打扮稍微帥一點比較好。

2. ③ 週末、同僚と 花見を する予定です。　週末，預定和同事賞花。

3. ③ 子供の 頃は どんな 遊びを しましたか。
孩提的時候，玩什麼遊戲呢？

問題 3.

1. ② 部長の お嬢さんに （人形）を プレゼントしました。
送偶人給部長的千金當禮物了。

2. ① お祭りで いっしょに （踊り）を 楽しみませんか。
祭典的時候，要不要跳舞同樂呢？

3. ④ あのお金持ちは （指輪）を たくさん して います。
那個有錢人戴著很多戒指。

問題 4.

1. ④ 妹に 大事な おもちゃを 壊されました。
珍愛的玩具被妹妹弄壞了。

2. ② 息子は 柔道を 習いたがって います。　兒子想學柔道。

3. ③ トイレの 周りは 少し 臭いです。　廁所的周圍有點臭。

問題 1.

1. ② 靴の 中に 砂が 入りました。　鞋子裡面沙跑進來了。

2. ④ そろそろ 枝を 切ったほうが いいです。
差不多該鋸掉樹枝比較好了。

3. ④ 庭に 草が たくさん 生えて います。　庭園中雜草叢生。

問題 2.

1. ① 森には いろいろな 動物が 住んで います。
森林裡住著各種動物。

2. ② ステーキも ハンバーグも 両方 食べたいです。
不管牛排還是漢堡排，兩者都想吃。

3. ③ ここを まっすぐ 行くと、林が 見えます。
從這裡直走，就可以看到樹林。

問題 3.

1. ② 綺麗な （小鳥）が 枝に 止まって います。
漂亮的小鳥正停在枝頭上。

2. ③ この （虫）は 何を 食べますか。　這種蟲吃什麼呢？

3. ② テーブルの （真ん中）に 花瓶が おいて あります。
桌子的正中央擺放著花瓶。

問題 4.

1. ③ 本の 表に 名前を 書いて ください。　請在書的正面寫上名字。

2. ① 家族の 写真は 今、手元に ありません。
家人的照片，現在沒有在手邊。

3. ② 家内と 娘は 昨日から 留守です。
內人和女兒從昨天開始就不在家。

問題 1.

1. ① 棚に 人形が 並んで います。　架上排著偶人。

2. ③ 彼女は いつも 鏡を 見て います。　她總是照著鏡子。

3. ③ 用が 済んだら、帰ります。　事情辦完就回家。

問題 2.

1. ② 台風の 場合は 休みです。　颱風的時候就放假。

2. ④ 火事の 原因は まだ 分かりません。　火災的原因尚不清楚。

3. ② 訳は 聞かないで ください。　請不要問理由。

問題 3.

1. ② レストランの （予約）を お願いしても いいですか。
   可以請您幫忙預約餐廳嗎？

2. ③ 寒いので、（暖房）を 付けましょう。　由於很冷，開暖氣吧！

3. ① ビールを （冷蔵庫）に 冷やして おきます。
   事先把啤酒冰到冰箱。

問題 4.

1. ② このあと 何か 予定が ありますか。
   在這之後有什麼預定的事情嗎？

2. ③ 屋上で 花を 育てて います。　在屋頂的平台種著花。

3. ① 壁に 絵を 掛けましょう。　把畫掛到牆壁上吧！

第 **12** 天

問題 1.

1. ③ 月曜日、美術館は 休みです。 星期一，美術館休息。

2. ① わたしは 教会で 手伝いを して います。 我都在教會幫忙。

3. ④ 神社の 中には 入れません。 不能進到神社的裡面。

問題 2.

1. ④ 娘は 動物園が 大好きです。 女兒非常喜歡動物園。

2. ① いっしょに 展覧会へ 行きませんか。 要不要一起去展覽會呢？

3. ② 空港まで 友達を 迎えに 行きます。 要去機場接朋友。

問題 3.

1. ③ デパートの （駐車場）は とても 広いです。
百貨公司的停車場非常寬廣。

2. ④ （課長）は 今、会議室に いると 思います。
我想課長現在在會議室。

3. ② 面接の （会場）は どちらですか。 面試的會場在哪裡呢？

問題 4.

1. ③ わたしは ほとんど 夢を 見ません。 我幾乎不做夢。

2. ④ 習慣は なかなか 変えられません。 習慣怎麼也改不了。

3. ③ わたしは 英語で 日記を つけて います。 我用英文寫日記。

實力測驗解答

問題 1.

1. ④ このタオルは　とても　柔らかいです。　這條毛巾非常柔軟。

2. ② 文字が　細かくて、よく　見えません。　字很細小，看不清楚。

3. ② 昨日　寝て　いないので、眠いです。
　　由於昨天沒有睡，所以很想睡。

問題 2.

1. ① 父は　兄に　とても　厳しいです。　父親對哥哥非常嚴格。

2. ② このお皿は　大きいですが、浅いです。
　　這個盤子雖然大，但是很淺。

3. ③ 恥ずかしいから、止めて　ください。　好害羞，所以請住手。

問題 3.

1. ③ 今回の　試験の　点は　（ひどかった）です。　這次考試分數很慘。

2. ④ 彼女の　演技は　たいへん　（すばらしかった）です。
　　她的演技非常好。

3. ② 学校の　プールは　（深く）ないです。　學校的游泳池不深。

問題 4.

1. ① 彼が　家に　いないと　寂しいです。　他一不在家，就感到寂寞。

2. ④ 最近　体の　調子が　おかしいです。　最近身體的情況怪怪的。

3. ② 公園に　珍しい　花が　咲いて　います。　公園裡開著珍奇的花。

問題 1.

1. ② この国は テニスが 盛んです。　這個國家網球很盛行。

2. ④ 危険な 場所で 遊ばないで ください。　請不要在危險的場所玩。

3. ③ 複雑な 計算は できません。　不會複雜的計算。

問題 2.

1. ② 木村さんは とても 親切な 人です。　木村先生是非常親切的人。

2. ② 門の ところに 変な 人が 立って います。

奇怪的人站在門那裡。

3. ① 駅まで 遠いから、不便です。　因為離車站很遠,所以不方便。

問題 3.

1. ③ わたしに とって、彼女は （特別）な 存在です。

對我來說,她是特別的存在。

2. ① 試合に 負けて、とても （残念）です。　輸了比賽,非常遺憾。

3. ③ もっと （丁寧）に 教えて ください。　請教得更仔細點。

問題 4.

1. ② 十分な 睡眠が 必要です。　充分的睡眠是必要的。

2. ④ 今回は 残念な 結果でした。　這次的結果很遺憾。

3. ① もっと 簡単な 方法は ありませんか。　沒有更簡單的方法嗎?

實力測驗解答

問題 1.

1. ④ もう 一度(いちど) きちんと 考(かんが)えて みます。
會再好好地考慮一次看看。

2. ④ 彼(かれ)は 笑(わら)うことが 苦手(にがて)みたいです。 他好像不太會笑的樣子。

3. ① 別(べつ)の 場所(ばしょ)へ 移(うつ)ることに なりました。
確定要搬遷到其他地點了。

問題 2.

1. ① 今(いま)の 会社(かいしゃ)を 辞(や)めることに しました。 決定跟現在的公司辭職。

2. ③ 好(す)きな ものを 一(ひと)つ 選(えら)んで ください。
請選擇一個喜歡的東西。

3. ④ 席(せき)が 空(あ)いたので、あちらへ どうぞ。 由於有空位了,請往那邊。

問題 3.

1. ② わたしは 病院(びょういん)で 注射(ちゅうしゃ)を (打(う)たれ)ました。
我在醫院被打針了。

2. ① 子供(こども)は 叱(しか)るより (褒(ほ)めた)ほうが 成長(せいちょう)します。
小孩比起斥責,讚美更能成長。

3. ③ 彼女(かのじょ)は 失恋(しつれん)して (泣(な)いて) います。 她因失戀哭泣著。

問題 4.

1. ③ あの先生(せんせい)の 話(はなし)は 心(こころ)に 残(のこ)ります。 那位老師的話語殘留於心。

2. ① 同僚(どうりょう)を 車(くるま)で 送(おく)ります。 用車送同事。

3. ② これは 痛(いた)みを 止(と)める薬(くすり)です。 這是止痛藥。

問題 1.

1. ② 屋上に 上がっては いけません。　不可以爬到屋頂上。

2. ② わたしは 会社へ バスで 通って います。　我搭巴士通勤。

3. ② その絵に 触らないで ください。　請不要摸那幅畫。

問題 2.

1. ④ 雨の 日が 続いて います。　雨天持續著。

2. ③ 今日は もう 会社へ 戻りません。　今天已經不回公司。

3. ② 息子の 熱が 下がりません。　兒子發燒不退。

問題 3.

1. ① 電車が ４５分も （遅れました）。　電車延遲了有45分鐘。

2. ③ 食事の 準備が （できました）。　用餐的準備完成了。

3. ① もう 約束の 時間が （過ぎました）。　約定的時間已經過了。

問題 4.

1. ③ 娘は 母親に よく 似て います。　女兒和母親很相像。

2. ① 日本は サッカーで また 負けました。　日本足球又輸了。

3. ③ 明日、面接を 受けることに なって います。
預定明天要接受面試。

實力測驗解答

271

問題 1.

1. ④ 泥棒に ドアを 壊されました。 被小偷破壞了門。

2. ③ ホテルの 部屋から 海が 見えます。 從飯店的房間看得到海。

3. ④ 赤ちゃんは すやすや 眠って います。 嬰兒香甜地睡著。

問題 2.

1. ③ 声が 小さくて、よく 聞こえません。 聲音很小,聽不清楚。

2. ① 母は 結果を 聞いて、とても 驚きました。
母親聽到結果,大吃一驚。

3. ② 地震で 窓ガラスが 割れたそうです。
據說因為地震,窗戶的玻璃碎了。

問題 3.

1. ④ 先生が 間違いを (直して) くださいました。
老師為我訂正了錯誤。

2. ③ 次の 駅で (降りて)、バスに 乗り換えます。
在下一站下車,換乘巴士。

3. ③ 雪が だいぶ (積もりました)。 雪積了不少。

問題 4.

1. ③ 秋に なると、葉が ほとんど 落ちます。
一到秋天,葉子幾乎都會掉落。

2. ① 祖母の 病気は 治らないそうです。 據說祖母的病好不了。

3. ④ 大きい 地震で 家が 壊れました。 因為大地震,家毀壞了。

問題 1.

1. ③　お湯を　沸かして　もらえますか。　可以幫我燒開水嗎？

2. ①　猫に　指を　噛まれました。　被貓咪咬了指頭。

3. ②　次に　肉を　炒めましょう。　接下來炒肉吧！

問題 2.

1. ③　すごい　風で　庭の　木が　折れました。
   庭院的樹木因非常大的風折斷了。

2. ④　空で　何かが　光って　います。　天空中有什麼在閃閃發光。

3. ③　結婚して、今年で　5年を　迎えます。
   自結婚以來，今年迎來第5年。

問題 3.

1. ②　警察は　ついに　泥棒を　（捕まえました）。
   警察終於逮捕到小偷了。

2. ④　パーティーの　会場を　（飾ります）。　布置宴會的會場。

3. ②　息子の　ために　肉を　たくさん　（焼きましょう）。
   為了兒子，烤很多肉吧！

問題 4.

1. ②　髪が　長いから、なかなか　乾きません。
   因為頭髮很長，所以不容易乾。

2. ②　野菜に　粉を　つけて、揚げましょう。　蔬菜裹上粉炸吧！

3. ③　お風呂は　もう　沸きました。　洗澡水已經熱了。

問題 1.

1. ③ 宿題が まだ 済みません。 作業尚未完成。

2. ① 2人は 映画を 楽しみました。 2個人欣賞了電影。

3. ③ 猫は 心臓の 病気で 死にました。
貓咪因為心臟的疾病死去了。

問題 2.

1. ② クレジットカードで 払っても いいですか。
用信用卡支付也可以嗎？

2. ④ ごみが あったら、拾いなさい。 有垃圾的話，要撿起來！

3. ① 海で 魚を 釣りましょう。 在海邊釣魚吧！

問題 3.

1. ③ 食べすぎて、だいぶ （太りました）。 吃太多，胖了不少。

2. ② テストで 簡単な 問題を （間違えました）。
考試時，答錯了簡單的題目。

3. ③ 友達と 漫画の 本を （取り替えました）。
和朋友交換漫畫書了。

問題 4.

1. ① 服が 汚れて いるから、取り替えたほうが いいです。
因為衣服弄髒了，所以更換比較好。

2. ③ 強い 風で 車が かなり 揺れました。
因為強風，車子搖晃得很厲害。

3. ③ 3つ目の 駅で 別の 電車に 乗り換えます。
要在第3站換乘別的電車。

問題 1.

1. ② 自分の　物と　兄の　物を　比べます。
   比較自己的東西和哥哥的東西。

2. ① 洗たく物を　水に　漬けて　おきます。
   事先把要洗的衣服浸泡在水裡。

3. ④ パソコンは　とても　役に立ちます。　個人電腦非常有用處。

問題 2.

1. ③ 忙しい　母を　手伝います。　幫忙忙碌的母親。

2. ③ 遠くまで　ボールを　投げます。　把球投得遠遠的。

3. ③ 辞書で　意味を　調べます。　用辭典查詢意思。

問題 3.

1. ③ 今夜は　友達の　家に　（泊まります）。　今晚要投宿朋友家。

2. ① 暑すぎるから、ヒーターの　温度を　（下げて）　くれませんか。
   因為太熱，所以可以幫忙把暖氣的溫度調低嗎？

3. ③ 最後の　テストですから、（がんばって）　ください。
   因為是最後的測驗，所以請加油。

問題 4.

1. ② いっしょに　彼の　成功を　祈りましょう。　一起祈禱他的成功吧！

2. ④ 誰かが　わたしの　財布を　盗みました。　有誰偷了我的錢包。

3. ① やっと　電気が　つきました。　電燈終於亮了。

第 21 天

問題 1.

1. ③ 京都へ 引っ越すことに なりました。 確定要搬家到京都了。

2. ① データを たくさん 集めて ください。 請多多收集資料。

3. ④ パーティーで 夫と 踊りました。 在宴會中和丈夫跳舞了。

問題 2.

1. ③ 財布が 無くなりました。 錢包不見了。

2. ② 鏡に 向かって、化粧します。 面對鏡子化妝。

3. ① 先生の お宅を 訪ねました。 拜訪了老師的家。

問題 3.

1. ④ 娘は 先輩に （いじめられた）ようです。
   女兒好像被學長姊欺負了。

2. ③ 昔 無くした本が （見つかりました）。 以前不見的書找到了。

3. ② コンビニの 場所を （尋ねます）。 詢問便利商店的位置。

問題 4.

1. ③ 弟は 海の 近くに 家を 建てました。
   弟弟在海的附近蓋了房子。

2. ④ 母は 子供を 5人も 育てました。 母親養育了5個小孩之多。

3. ① 鈴木さんから 京都の お土産を もらいました。
   從鈴木先生那邊得到了京都的土產。

問題 1.

1.② わたしは 何^{なん}でも 母^{はは}に 相談^{そうだん}します。　我什麼都和母親商量。

2.② 娘^{むすめ}の 代^かわりに、犬^{いぬ}を 世話^{せわ}します。　代替女兒照顧小狗。

3.③ 何^{なに}か あったら、すぐに 知^しらせて ください。
　　如果有什麼狀況，請立刻通知。

問題 2.

1.① わたしたちは もう 別^{わか}れましょう。　我們就分手吧！

2.④ 誰^{だれ}か 助^{たす}けて ください。　請誰來幫幫我。

3.④ 両親^{りょうしん}は わたしの 将来^{しょうらい}を 心配^{しんぱい}して います。
　　雙親擔心著我的未來。

問題 3.

1.③ わたしの 彼^{かれ}を みなさんに （紹介^{しょうかい}）します。
　　把我的男朋友介紹給大家。

2.④ 新^{あたら}しい 車^{くるま}を （運転^{うんてん}）して みましょう。　駕駛新的車看看吧！

3.① 店内^{てんない}では タバコは （遠慮^{えんりょ}）して ください。　店裡請勿吸菸。

問題 4.

1.① 痩^やせたいので、毎日^{まいにち} 運動^{うんどう}します。　由於想要變瘦，所以每天運動。

2.④ 大学^{だいがく}で 何^{なに}を 学^{まな}んで いますか。　在大學學習著什麼呢？

3.③ 自分^{じぶん}の 部屋^{へや}は 自分^{じぶん}で 掃除^{そうじ}します。　自己的房間會自己打掃。

實力測驗解答

問題 1.

1. ② チームの 計画が 失敗しました。 團隊的計畫失敗了。

2. ② 遅刻するから、速く 支度しなさい。 因為會遲到，所以快點準備！

3. ① 車が また 故障しました。 車子又故障了。

問題 2.

1. ③ 大学の 近くに 下宿して います。 在大學的附近寄宿。

2. ④ あの2人は よく 喧嘩して います。 那2個人經常吵架。

3. ④ 検査の 結果を 聞いて、安心しました。
聽到檢查的結果，安心了。

問題 3.

1. ④ これは 祖母の 着物を （利用）して、作りました。
這是利用祖母的和服所做的。

2. ① 泥棒です。警察に （連絡）したほうが いいです。
是小偷。跟警察連絡比較好。

3. ② 日本の 米を （輸出）する ことに なりました。
確定出口日本的米了。

問題 4.

1. ③ 大学で いろいろな ことを 経験したいです。
想在大學經驗各式各樣的事情。

2. ① その件に ついては 承知して います。 有關那件事情，我了解。

3. ④ イベントで 使う物を 用意します。 準備在活動要用的東西。

問題 1.

1. ③ 明日の パーティーに 出席しますか。　出席明天的宴會嗎？

2. ② 彼は その計画に 反対して います。　他在反對那項計畫。

3. ① 自分の 名前を 呼ばれたら、返事しなさい。
　　　被叫到自己名字的話，要回答！

問題 2.

1. ③ 明後日の 朝、アメリカへ 出発します。
　　　後天早上，要出發去美國。

2. ④ もっと 練習したほうが いいです。　再多加練習比較好。

3. ② 今年の 春、大学を 卒業したばかりです。
　　　今年春天，剛從大學畢業。

問題 3.

1. ② 外国では もっと （注意）したほうが いいです。
　　　在國外，要更注意比較好。

2. ② 重い 病気で （入院）しました。　因為重病住院了。

3. ③ 息子は もうすぐ 小学校に （入学）します。
　　　兒子再過不久就要進小學了。

問題 4.

1. ④ そのニュースを 聞いて、びっくりしました。
　　　聽到那個消息，嚇了一跳。

2. ③ 今夜は 外で 食事しませんか。　今天晚上要不要在外面吃飯呢？

3. ① 戦争するのは よく ありません。　戰爭不好。

實力測驗解答

問題 1.

1. ④ 今_{いま}すぐ 参_{まい}ります。 現在立刻過去。

2. ③ お客_{きゃく}さんの お手紙_{てがみ}を 拝見_{はいけん}します。 拜讀客人的信。

3. ① それに ついては すでに 伺_{うかが}って います。
有關那件事情，已經聽説了。

問題 2.

1. ④ いっしょに 食事_{しょくじ}を 致_{いた}しませんか。 要不要一起用餐呢？

2. ② 初_{はじ}めまして。わたしは 林_{りん}と 申_{もう}します。 初次見面。敝姓林。

3. ④ 課長_{かちょう}に お土産_{みやげ}を 差_さし上_あげました。 送給課長土産了。

問題 3.

1. ③ 友_{とも}だち「元気_{げんき}に なって、よかったです」
朋友「變得有精神，太好了。」

わたし「（おかげさまで）」 我「託您的福。」

2. ④ 先生_{せんせい}から 飲_のみ物_{もの}を （いただきました）。
從老師那裡獲得了飲料。

3. ③ 母_{はは}「いってらっしゃい」 母親「慢走。」

娘_{むすめ}「（いってきます）」 女兒「我出門囉！」

問題 4.

1. ④ ジョン先生_{せんせい}は アメリカから いらっしゃったそうです。
聽説約翰老師是從美國來的。

2. ② ご飯_{はん}は もう 召_めし上_あがりましたか。 已經吃過飯了嗎？

3. ③ 先輩_{せんぱい}は 何_{なん}と おっしゃいましたか。 前輩説了什麼呢？

問題 1.

1.② 木の 上に 鳥が （いっぱい） います。 樹上有很多鳥。

2.① 彼の 作品は （たいてい） 買いました。 他的作品大抵都買了。

3.④ 財布の お金は （ほとんど） 使いました。
錢包的錢幾乎都用了。

4.③ そのニュースは （ぜんぜん） 知りませんでした。
完全不知道那個消息。

5.② 意見が あれば、（はっきり） 言って ください。
如果有意見，請明白説。

6.① 息子は （きっと） 合格します。 兒子一定會考上。

7.③ 動物の 中で 犬が （もっとも） 好きです。
動物裡面，最喜歡狗。

8.④ 昔の ことは （すっかり） 忘れました。
以前的事情，全部忘記了。

問題 2.

1.③ だんだん 暑く なります。 漸漸要變熱了。

2.① 英語は それほど 難しくないです。 英文沒有那麼難。

3.④ この店の 料理は ちっとも おいしくないです。
這家店的菜一點都不好吃。

問題 1.

1. ② 今日（きょう）の 試験（しけん）は （割合（わりあい）に） 簡単（かんたん）でした。

   今天的考試意外地簡單。

2. ④ 彼（かれ）は （とうとう） 来（き）ませんでした。 他終究還是沒有來。

3. ① お酒（さけ）では （例（たと）えば） 日本酒（にほんしゅ）が 好（す）きです。

   酒類的話，例如喜歡日本酒。

4. ③ 家（いえ）に 着（つ）いたら、（まず） 手（て）を 洗（あら）いましょう。

   到家的話，先洗手吧！

5. ② 今年（ことし）の 冬（ふゆ）は （特（とく）に） 寒（さむ）かったです。 今年的冬天特別寒冷。

6. ③ 噂通（うわさどお）り （なるほど） 彼女（かのじょ）は 美人（びじん）です。

   就如傳言一般，她的確是美女。

7. ③ 明日（あした） （もし） 雨（あめ）なら 中止（ちゅうし）です。 明天如果下雨的話，就停辦。

8. ④ 一時間半（いちじかんはん） かかって 料理（りょうり）が （やっと） できました。

   花了一個半小時，菜好不容易做好了。

問題 2.

1. ① 作文（さくぶん）は なるべく 明日（あした）までに 出（だ）して ください。

   作文請盡可能明天之前交。

2. ④ 今度（こんど）の 試験（しけん）は ぜひ 勝（か）ちたいです。 這次的考試一定要贏。

3. ③ 今日（きょう）の テストは 割合（わりあい）に 簡単（かんたん）でした。 今天的考試意外地簡單。

問題 1.

1. ① 今晩（ステーキ）を　食べに　行きましょう。
今天晚上去吃牛排吧！

2. ② （アメリカ）まで　飛行機で　どのくらいですか。
搭飛機到美國，大約多久呢？

3. ③ 仕事の　時、（スーツ）を　着ます。　工作的時候，會穿套裝。

4. ① 今朝は　（サラダ）しか　食べませんでした。
今天早上只吃了沙拉。

5. ④ （パパ）は　郵便局に　勤めて　います。　爸爸在郵局工作。

6. ④ いつか　（アフリカ）へ　行って　みたいです。
總有一天想去非洲看看。

7. ④ ほとんどの　子供は　（ハンバーグ）が　好きなようです。
幾乎所有的小孩好像都喜歡漢堡牛肉餅。

8. ② （アナウンサー）の　仕事は　大変です。
播報員的工作很辛苦。

問題 2.

1. ① スポーツの　中で　テニスが　一番　得意です。
運動當中，最擅長網球。

2. ③ スーツケースの　中に　何を　入れますか。
行李箱裡面要放什麼呢？

3. ④ 毎日　レポートが　あるので　大変です。
由於每天都有報告，所以很辛苦。

實力測驗解答

問題 1.

1. ② 海に　行くなら、（サンダル）を　履いたほうが　いいです。
如果要去海邊的話，穿涼鞋比較好。

2. ① 今日は　寒いから、（オーバー）を　着て　行きます。
今天很冷，所以要穿外套去。

3. ④ お金は　（レジ）で　支払って　ください。　錢請在收銀台支付。

4. ② ガソリンスタンドで　（ガソリン）を　入れましょう。
在加油站加汽油吧！

5. ④ （エスカレーター）で　3階に　行きます。　要搭電扶梯去3樓。

6. ③ 台湾では　（オートバイ）に　乗る人が　多いです。
在台灣，騎摩托車的人很多。

7. ④ あの歌手の　（コンサート）に　行ったことが　あります。
去過那個歌手的演唱會。

8. ③ 母は　先月から　（パート）を　始めました。
母親從上個月開始兼職工作了。

問題 2.

1. ③ デートなので、姉から　アクセサリーを　借りました。
由於約會，所以跟姊姊借了飾品。

2. ④ 彼女は　わたしの　理想の　タイプです。　她是我理想的類型。

3. ① ガラスが　割れると、危ないです。　玻璃破掉的話，很危險。

問題 1.

1. ② 父は 最近 英語を 習い（はじめ）ました。
父親最近開始學習英文了。

2. ③ 買物に 出かけました。（ところが）、財布を 忘れました。
出去買東西了。可是，忘了帶錢包了。

3. ② 雨が 降りました。（それで）、試合は 中止に なりました。
下雨了。所以，比賽停辦了。

4. ④ このフォークは 持ち（にくい）です。 這個叉子很難拿。

5. ③ 夫は さっき 帰った（ばかり）です。 丈夫才剛回來。

6. ④ （ところで）、これから 飲みに 行きませんか。
話説，現在要不要去喝一杯呢？

7. ① 明日からの テストに （ついて）、分からないことが あります
か。 關於從明天開始的考試，有不明白的地方嗎？

8. ③ 赤ちゃんが 急に 泣き（出し）ました。 嬰兒突然哭了起來。

問題 2.

1. ① バスで 行きますか。それとも、電車で 行きますか。
搭巴士去嗎？或者，搭電車去呢？

2. ③ 昨日 飲みすぎて、頭が 痛いです。 昨天喝太多，頭很痛。

3. ④ できるだけ 速く 歩きましょう。 盡可能快點走吧！

實力測驗解答

國家圖書館出版品預行編目資料

史上最強！30天搞定新日檢N4單字：
必考單字＋實用例句＋擬真試題 /
こんどうともこ著、王愿琦譯
-- 初版 -- 臺北市：瑞蘭國際, 2023.07
288面；17 x 23公分 -- （檢定攻略系列；81）
ISBN：978-626-7274-38-5（平裝）
1. CST：日語 2. CST：詞彙 3. CST：能力測驗

803.189　　　　　　　　　　　　　112009857

檢定攻略系列81

史上最強！30天搞定新日檢N4單字：
必考單字＋實用例句＋擬真試題

作者｜こんどうともこ
譯者｜王愿琦
總策劃｜元氣日語編輯小組
責任編輯｜葉仲芸、王愿琦
校對｜こんどうともこ、葉仲芸、王愿琦、詹巧莉

日語錄音｜こんどうともこ
錄音室｜采漾錄音製作有限公司
封面設計｜劉麗雪
版型設計、內文排版｜陳如琪

瑞蘭國際出版
董事長｜張暖彗・社長兼總編輯｜王愿琦
編輯部
副總編輯｜葉仲芸・主編｜潘治婷
設計部主任｜陳如琪
業務部
經理｜楊米琪・主任｜林湲洵・組長｜張毓庭

出版社｜瑞蘭國際有限公司 地址｜台北市大安區安和路一段104號7樓之一
電話｜(02)2700-4625 傳真｜(02)2700-4622 訂購專線｜(02)2700-4625
劃撥帳號｜19914152 瑞蘭國際有限公司
瑞蘭國際網路書城｜www.genki-japan.com.tw

法律顧問｜海灣國際法律事務所　呂錦峯律師

總經銷｜聯合發行股份有限公司・電話｜(02)2917-8022、2917-8042
傳真｜(02)2915-6275、2915-7212・印刷｜科億印刷股份有限公司
出版日期｜2023年07月初版1刷・定價｜420元・ISBN｜978-626-7274-38-5